Erhard Scherner *Geschichten vom LaoWai*

Wenn dir's bei uns nun nicht gefällt,
So geh in deine östliche Welt.

Johann Wolfgang v. Goethe

Es verging wohl kein Tag auf Pekings Straßen, an dem man ihn nicht ***LaoWai*** *gerufen hätte. Doch das Wort, von den Begriffen für* ***Ausländer*** *der vielleicht schillerndste, fand sich in keinem der berühmten Wörterbücher. Offenbar war es urplötzlich und erst vor abzählbar wenigen Jahren aufgetaucht. War nun* ***Oller Westler*** *gemeint?* ***Tolpatsch****? Oder beides? - Die Verbindung der zwei Schriftzeichen* ***alt / ehrwürdig*** *und* ***draußen*** *erwies sich als unübersetzbar.*

Aber das Wort war nicht zu überhören. Und manchmal wies eine Mutter ihr Kind zurecht: "Das sagt man nicht! Und nicht so laut!" Er trug es bald mißmutig, bald heiter. War er nicht drinnen im Mittereich auch immer draußen?! - So nahm er die Benennung einfach an.

Erhard Scherner

Geschichten vom LaoWai

Innenansichten aus China

Eisbär

Die Deutsche Bibliothek - CIP-Einheitsaufnahme

Scherner, Erhard:
Geschichten vom LaoWai : "im Himmel der Hunde von Peking" und andere Innenansichten aus China / Erhard Scherner. - Berlin : Eisbär Verl., 1997

ISBN 3-930057-12-3

Umschlagfoto: Helga Scherner

Inhalt

Herkunft des LaoWai

Mit den Gerüchten, wie LaoWai in die Welt geraten sei, und China ist wohl die Welt, wollen wir uns nicht aufhalten. Er ist da und in einem beliebigen Menschenstrom einfach nicht zu übersehen. Berührend, wenn er durch die gemächliche Menge drängt. Linkisch zieht er seinen großen breitkrempigen Hut und entschuldigt sich unentwegt, wo es nichts zu entschuldigen gibt. Und in was für einer Sprache! Ein wenig Mitleid, nicht zuviel freilich, wäre angebracht. Alle Defizite sind ihm untilgbar ins Gesicht geschrieben, mal von der Nase abgesehen. Da hat Nüwa, als sie die Menschen erschuf, ein wenig zu kräftig in den Erdendreck gepatscht. Und ist ohne Besinnen gleich zum Brennofen gelaufen, mal sehen, was wird. Und so war's denn auch. Immer wird das Wichtigste im Leben ohne alle Erfahrung gemacht. So ist die Nullserie der nassen Tonklöße schwarz geraten, blieb wohl zu lange in der Glut. Beim zweiten Anlauf hat Nüwa den Ofen ein bißchen zu zeitig geöffnet - 's warn alles Weiße. Beim dritten Mal war Nüwa sich ihrer Sache sicher, was man daraus erschließen kann, daß sie den Ofen von vornherein mit tönernen Männlein und Weiblein recht bevölkerte. Welch fröhliches Gewimmel, das sich bald in die Ebenen und die fruchtbaren Täler ergoß! Das war ansehnlich. LaoWai aber, es ist ihm anzumerken, war Nüwas zweiter Versuch.

Anna erzählt einen Film

Nachdem in der Friedrichstraße 169, also Ecke Französische, die einmal mächtige *Sprit-Zentrale* in dem eher schmucklosen Saal mit einem Abschiedsbankett, letzten Sprit ausreichend, implodiert war - historische Rolle beendet! - hatte die Zunft der Schreiber, bettelnd bei *Intertext*, immer mal Zugriff auf dieses Zimmer, den, sag ich mal, berühmten Sitzungssaal 201, denn hier richtete mitunter, meist unerwartet, Anna Seghers ihr Wort an die Mitstreiter, fein aus den Augen lächelnd, sprach mit breitem pfälzer Dialekt, aber doch viel zu leise, daß die Älteren unter uns, falls sie am Ende der Tischreihe saßen, angestrengt eine Hand hinter die Ohrmuschel hielten, um sich nichts entgehen zu lassen.

Ich hatte vor Jahresfrist eine Sinologin geheiratet, die keine Romane schreibt und freute mich, die Mainzer Sinologin zu hören, die vor allem ihrer Erzählungen und Romane wegen in der Welt geachtet war.

Als folgte sie einer Eingebung, plötzlich aufstehend, nahm Anna Seghers das Wort. War's auf einer kleinen Konferenz? Ging es um den Realismus? Oder wieder einmal um die Wahrhaftigkeit? Wer schreibt, müsse dem Volke nahe sein, flüstert die noch stets anmutige Frau, er müsse dessen Hoffnung und Sehnsüchte teilen. Niemandem dürfe es erlaubt sein, über die Köpfe der Leute hinwegzureden, sie würden ohnehin nur das tun, was sie verstanden hätten, ja, was ihr Herz - oder sagte sie: ihre Seele? - berührt. Und schon erzählt Anna einen Film, einen chinesischen, aus den Revolutionsjahren, den sie vor einiger Zeit angeschaut habe: Eine Gruppe von Bauern, vielleicht die Einwohner eines Dorfes, sei, um dem Hungertode zu entgehen, vor einer gewaltigen Dürre nordwärts geflüchtet. Zu diesen Bauern, die in der Ödnis auf den gnadlos verkarsteten Boden niedergesunken waren, sei plötzlich ein Trupp revolutionärer Soldaten gestoßen. Ihr Anführer habe sich sogleich vor die am Boden Kauernden gestellt und eine flammende Rede gehalten: „Wir sind“, sagte der, mit weiter Hand in die Ferne weisend, „im Auftrag der Revolution durch das unwegsame Gebirge gezogen; wir haben die eisigen Wasser bezwungen“ - doch die ausgehungerten Bauern verharrten apathisch auf der Erde. „In blutigen Scharmützeln“, fuhr der Redner fort, „haben wir die Feinde geschlagen; auch die grausame Wüste, die wir durchqueren mußten, hat uns nicht verschlungen“ - die Bauern stöhnten und schwiegen. „Und im Süden die großen Gewitterstürme, sie konnten uns nicht entmutigen, denn ...“ Da stieß einer der eben noch völlig verzweifelten Bauern seinen Nachbarn an und sagte: „Hörst du, es hat geregnet daheim?“ -

Als Anna einen Film erzählte, war ich, lang vor der Abreise, bereits unterwegs zu den durstenden Bauern Chinas und den mutigen Soldaten mit der großen Geste, sehnsuchtsvoll unterwegs.

Heute ist gewiß, daß ich nicht recht hingehört, jedenfalls nicht verstanden hatte, was Anna gesagt hat, als sie einen chinesischen Film erzählte.

(1996)

Unterwegs

Auch wenn ich auf dieser Straße bloß
Als Ameise oder Käfer kröche,
Ich käme mir groß
Und beneidenswert vor.

Ai Qing

Auf dieser irren staubigen Straße
von WEISSNICHTWOHER nach WERWEISSWOHIN
trabe ich, beschwingt, betroffen,
seitdem ich dir begegnet bin.

Auf dieser irren staubigen Straße
siehst du ein Ameislein mutig marschiern.
Ich bin verloren seit ich dich traf:
ich fürchte, ich könnt dich verliern.

Auf dieser irren staubigen Straße
bin ich zu Hause, wo immer ich bin.
Mich freut, mit dir diese Straße zu gehn
aus WEISSNICHTWOHER nach WERWEISSWOHIN.

Leere Flasche

Wenn auf Pekings Fernbahnhof niemand sein Schildchen hebt, auf dem dein Name steht, dann tauche beherzt in das quirlende Leben. Du bist unkundig, man sieht es dem Gesicht an, du bist reich, das verrät deine Hautfarbe. Alle Langnasen sind reich, wenn die nur wollen und nicht blöde sind. Weiß man doch, sollen das Geld nur rausrücken, die Knauser.

Es nützt dir nichts, jene abzuschütteln, die dich aufdringlich in ein Schwarztaxi oder ein graues zu locken suchen. Grad hast du dir durch den entgegenflutenden Menschenstrom den Weg gebahnt, wird es dir am offiziellen Stand nicht besser ergehen: Die Herren Schofföre wollen, egal wohin, eine lange Tour mit dir fahren, wünschen auch den lästigen Taxometer abzuschalten und eine Pauschale mit dir auszumachen. Sollst dich schnell entscheiden, die Transsibirische Eisenbahn hat soeben Hunderte ausgespuckt. Da wäre es gut, eine Einheimische an der Seite zu haben, die nicht auf den Mund gefallen ist und in angemessenem Jargon Paroli böte. Aber hülfe das?

Als zwei junge Leute - sie gelben, er weißen Gesichts - vier Koffer im Taxi zu verstauen suchen, wehrt der Fahrer ab und verlangt, das nächstwartende Fahrzeug mit dem Gepäck zu beladen. Die junge Chinesin protestiert. „Misch dich da nicht ein!“ zischelt der Fahrer. - „Und ob ich mich einmische!“ - „LaoWai hat's doch.“ - „Es gibt Europäer, die's nicht haben“, argumentiert die Frau. „Manche kommen, du wirst staunen, weil sie ohne China nicht leben wollen, dieser hier, zum Beispiel. Aber reich ist er nicht!“ - „Woher weißt du das?“ - „Es ist mein Mann.“ - „Ach so, 'ne leere Flasche“, brummt der Fahrer.

(1995)

Immerhin

Die Frühstückszeit ist vorbei, auch in der kleinen Ladenstraße der Pekinger Fremdsprachenschule. Der junge Koch mit seinen Gehilfen ist beim Aufräumen. Aber LaoWai darf noch unter dem blau und rot gestreiften Regendach Platz nehmen, das die Aprilsonne leuchten macht. Er erhält, wie gewünscht, fleischgefüllte Teigtaschen, seine Frau eine Schüssel mit Nudeln. „Die Köche setzen sich hungrig zu Tisch", sagt er. Die Frau, mit den Holzstäbchen nach den Nudeln greifend, nickt.

Am Nebentisch putzt die junge Serviererin eilig etwas Lauch. Ein Stück Porree fällt zu Boden. „Sieh mal", sagt LaoWai, „jetzt hebt sie den Porree von der Erde auf und wischt ihn an der Schürze ab".

„Immerhin", sagt die Frau.

Tiefe Wälder, stille Seen

Unter den Ausländern in Peking, die sich für kurz oder länger hier niedergelassen, gibt es nur wenige Finnen. LaoWai ist ein einziges Mal, und auch nur für kurze Minuten, einer Finnin begegnet. Aber das war nicht irgendeine. Die finsteren Mienen flüchtiger Bekannter lassen ihn wissen: „Du hast sie vertrieben, hast sie krank gemacht, du Monster, hergelaufenes!"

Natürlich geht es um Hilja, wen sonst. Es geht immer um Hilja, wenn hier Ausländer ins Schwärmen oder ins Fluchen geraten, vor allem Junggesellen, die gelangweilt in den Kontors um das World Trade Center hocken. Oder sie schrubben als Sprachlehrer an schlecht zahlenden Hochschulen ihre drei, vier Jahre runter, um wieder nach Europa oder in die Staaten abzutauchen.

Schon kurz nach seiner Ankunft hatte LaoWai von Hilja erzählen hören; keiner, der nicht von ihrer Schönheit, ihrer Sanftmut sprach oder doch von hellem, weich flutendem Haar, das jedermann bezaubere. Ihm schien das gewiß freundliche Geschöpf vertraut nach allem, was man so redet in den Klubs, in denen sie, nebenbei gesagt, nie einer getroffen hatte. Es ist auch nicht leicht, ihr in der Stadt zu begegnen, in der sie lebt und wohnt, oder doch wohnte - in einem der grauen quadratischen Häuser mit stillem Innenhof, worin sich leben und atmen läßt, Alt-Peking, das auf der Abrißliste steht. Von dort sollte man sie schwerlich verjagen können, wenn Macht und Einfluß des Mannes so stark sind, wie man munkelt.

„Ach, die finnische Teufelin, vergaffst dir die Augen, was soll's", meinte ein junger Bankkaufmann. - Andere sprachen von Hilja wie von einem nordischen Engel, wieder welche, als sei sie eine kosmische Erscheinung: „Taucht wie ein Komet auf, hinter den Bergen draußen, taucht ebenso unter, unberechenbar". - „Ist mit einer Papiermühle hier hängen geblieben, die die Finnen vor zehn, zwölf Jahren gebaut haben. Liebt'n Chinesen, einen vornehmen, scheuen, ausgerechnet einen Chinesen." - „Die beiden Kinder mußt du gesehen haben, Zwillinge, Mädchen und Junge, sowas hast du nicht gesehen."

Nun schwärmt ihm nicht von der Schönheit eurochinesischer Kinder. - LaoWai ahnt doch, daß die trauliche Vereinigung des Ungleichen alle Lebenskräfte, Körper wie Geist, immens zu steigern vermag, mögen die Kleingeister hier wie dort die Stirn runzeln und murmeln: „Weiß und gelb, das paßt nicht zueinander", und: „Es kann nicht gutgehen!"

Zöge man aus allem Gehörten ein Fazit - Hilja, die Finnin, hieße es, ist eine überaus schöne, kluge, gewiß wohlhabende Frau, das mochte hingehen, und eine vollkommen glückliche. Letzteres war's denn wohl, was LaoWai, ihm selbst noch unbewußt, bestimmte, sich auf die Suche zu machen. Er kennt keine vollkommen glücklichen Menschen, glaubt fest, es gibt sie nicht. So hat er kreuz und quer die alten Viertel der Stadt durchstreift, vergeblich.

Doch denkt nicht schlecht von LaoWai, wenn er nun, um einer schönen Frau oder einer verrückten Idee willen, mal im überfüllten Bus, mal in einer der gelben Billigtaxen in die Berge aufbricht, wann immer sich ein freier Tag auftut, um zwischen den verfallenden und den inzwischen restaurierten Klöstern und Grabpagoden einherzuwandern - er ist lang nicht hier gewesen. Freut sich über die waghalsig angepflanzten Latschenkiefern und Wacholdersträucher, die die Hänge mühsam hinaufklettern, wo einmal kräftige Wälder gestanden haben, ehe all die Kaiser, Äbte und Vögte für ihre Paläste, Klöster, Befestigungen, ihre Häuser und Schiffe die Pracht herunterschlagen ließen. Fragt auch mal einen Tempelwächter oder Mönch nach einer schönen jungen Frau mit hellem Haar, die Chinesisch spricht und Zwillinge mit sich führt, ein Mädchen, einen Jungen, schön und zart wie sie selbst, doch mit fast schwarzem Haar.

Denkt nicht böse vom ihm, der einfach neugierig ist nach all dem Gewäsch an den Bars, er will niemanden kränken oder betrüben, schon gar nicht einen freundlichen, herzlichen Menschen, mit dem ein kleiner Schwatz lohnte. Da wird er seine Worte nicht auf der Goldwaage wägen. Sollte er aber.

An einem freundlichen Herbstnachmittag ist LaoWai, abseits der Touristenströme, in den Westbergen zu einem recht verfallenen Tempelgelände aufgestiegen, das in den alten Prospekten gerade noch, in den neuen noch nicht erwähnt wird. Ist, an den grimmig dreinblickenden, überdimensionalen Torhütern vorbei, in den Vorhof getreten. Unter einem Persimonenbaum, um den sich, wie um alles übrige, niemand zu kümmern schien, sieht er zwei Kinder ungeniert nach den faustgroßen Früchten langen, während sich in einiger Entfernung eine Europäerin vor einer Stele Notizen macht, die auf dem Rücken einer gewaltigen Steinschildkröte ruht.

Wie LaoWai näher tritt, schaut die Frau auf, streicht sich das helle Haar aus dem Gesicht. „Verzeihen Sie", sagt LaoWai, „sind Sie nicht Frau Hilja?" - „Und Sie sind der Deutsche, der Geschichtenmacher, der mir in die Klöster nachfolgt, ich habe davon gehört", entgegnet sie spöttisch. - „Ich mache keine Geschichten", sagt LaoWai verlegen, während sie eine Steintreppe erklettern, um eine bessere Aussicht zu gewinnen, „aber es ist wahr, ich wollte Sie gern einmal sehen".

„Laßt die Persimonen, erst muß der Frost in die Früchte", ruft die Mutter, „vorher schmecken sie nicht". Aber da kommen die zwei schon, der Mund, die Hände vom Saft verschmiert. Und nun wollen sie auf die Brüstung gehoben sein. Weithin kahle Felswände, fern an einem Hang leuchtet roter Ahorn auf. Die Bergzüge strecken sich in herber Schönheit. Unten tief im weiten Kessel liegt Peking, man kann es nur ahnen angesichts der vagen Konturen unter der flimmernden Glocke von

Rauch und Staub. „Es ist schön hier draußen“, sagt Lao-Wai, noch immer verlegen, „eine karge Landschaft; Sie, gewiß, sind anderes gewohnt - tiefe Wälder, stille Seen...“

Da bricht ein Schluchzen aus der Frau, Tränen stürzen, die Kinder fahren herum, LaoWai steht gelähmt, Frau Hilja setzt die Zwillinge auf die Erde, packt sie an den Händen, stürzt der Steintreppe zu.

„So warten Sie doch“, ruft der Deutsche.

Das Gesicht verlieren

Eine Freundin fragt LaoWai, was es in China auf sich habe, sein Gesicht zu verlieren. Umständlich sucht LaoWai nach einer Antwort:

Dasjenige, was in der physischen Realität schlechthin unverlierbar ist (von ein paar schrecklichen Sonderfällen abgesehen), kann im Geistigen in China (und rundum) ziemlich rasch geschehen. Wohl jeder im Mittereich fürchtet sich, sein Gesicht zu verlieren, jeder sucht es unbedingt zu vermeiden, und gefährdet bereits dadurch das also gehütete Antlitz. Wer kann es bis zu End' erklären, was das eigentlich ist - **das Gesicht verlieren**? Zwischen Wirklichkeit und Anschein tritt dieses Phänomen in zehntausend Varianten und Unmöglichkeiten zutage, und allein die Frage nach seinem Wesen macht jeden Chinesen verlegen. So habe ich mir Zurückhaltung auferlegt, sagt LaoWai, suchte die von meinem Gesprächspartner ausgesandten Signale, bewußte wie unbewußte, recht aufzunehmen und zu verstehen. Dann gerate ich nicht in die Gefahr, jemandem unzumutbar zu nahe zu treten. Ich suche es zu unterlassen, mein Gegenüber, im Namen gründlicher Klärung, zum Äußersten zu treiben, ihm Ausweg oder Rückzug zu versperren. Wer dies recht verstünde und beherzigte, dem eröffne sich eine reiche Skala von Schattierungen zwischen preußischem JA und preußischem NEIN.

„Du sprichst reichlich abstrakt!" hört LaoWai die Freundin einwenden. So rettet er sich in ein Beispiel, aber eines nur: In der auch sonntags vielbefahrenen Ausfallstraße Richtung Sommerpalast, noch vor der modernen Stahlplastik, die aussieht wie ein „Mahnmal für den unbekannten Korkenzieher", stehen an den größeren Kreuzungen und würdig in weiß, so Kopfbedeckung wie Handschuhe, Polizisten, um den Strom der Fahrräder und Autos recht zu regulieren. Da kommt, voll des Sommerglücks und getreu der Devise: *Ein Rad und Rückenwind, die Freundin hintendrauf - da ist gut fahren!* ein Pärchen dahergeradelt. Solch gravierende Mißachtung der Staatsautorität ist für den Polizisten, der die zwei sogleich entdeckt, ein starkes Stück. Er winkt sie zu sich heran, nimmt kurz die Hand an den Schirm und zieht den Block mit den Strafzetteln. Aber eh noch der verlegene Augenblick der Belehrung plus Entrichtung des Bußgeldes kommt, springt die junge Frau kokett vom Gepäckständer und erklärt mit sanftem Augenaufschlag: „Entschuldigen Sie bitte, Herr Verkehrspolizist, aber wir hatten Sie nicht gesehen, tatsächlich nicht."

Unverzüglich winkt der Polizist die zwei in den Strom der Verkehrsteilnehmer zurück und tippt die Hand an den Mützenschirm. - Ahnst du, liebste Freundin, wie schön es ist, sein Gesicht **nicht** verloren zu haben?

Die Eselspeitsche

Als LaoWai unter der Mittagssonne eine alte Eselspeitsche aus dem Straßenstaub hob, war er ein gutmütiger Mensch, unbescholten und sanft. Umsichtig war er von seinem Fahrrad gestiegen, hatte den grad armlangen, fingerstarken Weidenknüppel aufgenommen, an dessen Ende, mit zwei Eisendrähten fest verklammert, der dicke, sich mählich verjüngende Hartgummiriemen befestigt war, Pfennigware der *Zweiten Pekinger Gummifabrik* für die hauptstädtische Eseltreibergilde.

Wie oft hatte LaoWai einem Esel und seiner Last hinterdreingeschaut, aber erst jetzt wird ihm bewußt, was für ein geringes Peitschchen es mitunter ist, das Bruder Langohr gegebenenfalls derb aus dem schläfrigen Gang reißt.

Wenn LaoWai sich jetzt beeilte, vielleicht würde er den Mann noch einholen, der hier in Haidian die Peitsche verloren hat und mit seinem Gefährt die *Straße der Weißen Brücke* gemächlich nordwärts zottelte. Und tatsächlich, vor ihm tauchen schon nach wenigen hundert Metern mehrere Eselskarren auf, heute mäßig mit Pappen beladen. Und niemand, der was entbehrte - müde die Esel, kraftlos dösend die Treiber auf ihren Karren.

Wen sollte er fragen? Und wie? Den ganzen eingespielten Trott zum Erliegen bringen? Der Esel wird die Peitsche nicht missen ... Muß LaoWai stören in der flirrenden Sonne? Lügen heraufbeschwören und dann den Richter spielen?

Und da merkt LaoWai, daß er sich belügt. Seit sieben Minuten besitzt er eine alte Eselspeitsche, die ihm nicht gehört. Wird sie unbedingt behalten. Wer gäbe ihm eine, gutwillig? Auf wen sollte er Rücksicht nehmen? Die Eselspeitsche wippend spürt er, wie ihm neuer Schneid zuwächst. Zuschlagen wird er, wenn ihm jemand dumm kommt! Schlägt in die flimmernde Hitze, daß es knallt, erschrickt, bremst.

Wird seine Eselspeitsche erst einmal verstecken. Wird gar nicht wissen, wo er sie im Haus ablegen soll: Die Frau wird sie nicht dulden. Er wird sie nicht rausgeben. Und manchmal wird er sie zeigen, später. Wer sonst hat eine alte Eselspeitsche, aufgelesen in Haidian auf der *Straße der Weißen Brücke*?

Über Autos

Wenn LaoWai auf Autos zu sprechen kommt, weiß er, wie rasch er ausfallend, ungerecht, ja beleidigend werden kann. Aber durch einen Pekinger Stadtpark spazierend, zumal an der Seite einiger Chinesen, mit denen er befreundet ist, müht er sich, seine Voreingenommenheit zu zügeln. Während ordinärer Straßenlärm, das Hupen der Autos vom Blättergrün gemildert wird, berichtet LaoWai so sachlich, wie ihm das möglich ist, von den unbewohnbar werdenden Metropolen des Abendlands. Gewaltige Autostraßen entstünden für gewaltige Desaster. Er offenbart heraufziehende Pestilenzen und gewesene Wälder, erwähnt beiläufig das christliche und demokratische Selbstverständnis von der freien Fahrt für mündige, freie Bürger und vergißt nicht die Staus, lang wie die Große Mauer von Badaling bis ans Ostchinesische Meer.

Aufmerksam, und wie es schien mit Genugtuung, hören die Einheimischen zu, ehe sie höflich anmerken: ein solches System, welches immer neuen Anreiz schaffe, daß Menschen so hasten, gierig nach Giften, von den kleinen Katastrophen zur absehbar großen, richte womöglich sich selbst. Nein, nein, solche Torheit würden sie, unter der Führung von, gewiß nicht wiederholen.

Man stelle sich vor, nur jeder vierte Chinese mit eigenem Wagen, das mache dreihundert Millionen Autos: der sichere Untergang eines Kontinents. Freie Fahrt für mündige Radfahrer sei der Ausweg mit chinesischem Antlitz. Aber eigentlich ginge sie das Problem überhaupt nichts an. Diese Frage, bitteschön, sollten die Ausländer ruhig unter sich ausmachen. Ein Fahrrad hierzulande koste ein Vermögen, manch einer zahle nicht einmal die lächerliche Fahrradsteuer. Für den Autotod sei China zu arm.

Fröhlicher Kinderlärm unterbricht augenblicks das Gespräch, denn um eine Wegbiegung, hinter einem Bambuswäldchen gelegen, treffen die Spaziergänger auf eine Betonpiste. Dort kurven kleine Motorautos, mit breiten Kautschukpolstern abgefedert. Sie werden von kleinen Jungen gesteuert, manche sind kaum älter als vier Jahre, und ein Mädchen mit einer großen roten Haarschleife ist auch dabei. Nähertretend blickt LaoWai in junge blitzende Augen.

(1992)

Notiz für Enthusiasten

LaoWai liebt Schönheit und Klang der chinesischen Sprache. Beim Disput mit Chinesen schreckt ihn nicht, die vier Tonhöhen im Pekingdialekt auch zu verfehlen; es erheitert seine Gesprächspartner, na und? Die chinesische Grammatik gar, könnte ihn begeistern: sie ist weitaus logischer als jede russische, französische oder deutsche, ist einfach und durchschaubar, kennt kein Konjugieren, kein Deklinieren und sowas.

Wenn er chinesische Namen aufschreiben muß, nutzt LaoWai in aller Regel die berühmte Pinyin-Umschrift, wird manchmal nur rückfällig, wenn die traditionelle Schreibung gar zu sehr in die Gehirnwindungen eingekerbt ist, schreibt also manchmal noch Laotse statt Laozi, Peking statt Beijing. Wo im chinesischen Wort im Zweifelsfall die neue Silbe beginnt, zeigt ein Apostroph. So bei Xi'an, Stadt der Tonkrieger.

Zum Glück, schrecklich schwierig ist die Aussprache des Chinesischen nun wieder auch nicht. Beijing wird bee-djing gesprochen. Die chinesische Schrift - ein Gedicht! Schade, denkt LaoWai, daß es bei mir mit dem Lesen und Schreiben hapert...

Wenn aber Sie, lieber Leser, verehrte Leserin - was wirklich nicht sein muß, denn hierbei ist nur an die Enthusiasten gedacht! - den Ehrgeiz verspüren sollten, die häufig benutzten Buchstaben und Buchstabenverbindungen annähernd chinesisch auszusprechen, so blinzeln Sie halt auf eine Tabelle, wie LaoWai es auch immer wieder einmal macht.

Sprechen Sie unbekümmert:

ai	*wie*	ei *(Blei, Mai)*	c	*wie*	ts
ao		au *(lau)*	ch		tsch
e		e *(essen)*	h		ch *(ach)*
ei		etwa ee *(See)*	q		tj
ia		ja	r		j *(Journal)*
ian		jän	s		ss
iang		jang	sh		sch
iao		jau	x		ch *(ich)*
ie		jä	y		j *(ja)*
iu		ju	z		ds
ong		ung	zh		dsch.

Und: u **vor** a, ai, an, ang, o wird wie w gesprochen, aber : u **nach** j, q, x , y wie ü.

Das ist die ganze Kunst. Fürs erste.

Kin Ping Meh beziehungsweise Werther

Für Peter Gosse

Ein Freund, der nach einem wissenschaftlichen Kongreß in Peking Gelegenheit nahm, einige weitere Städte Chinas zu besuchen, hat aus Neugier oder einer Laune wegen seine chinesischen Gesprächspartner, Physiker wie er, nach dem klassischen Liebesroman „Kin Ping Meh" gefragt. Die aber verstanden ihn nicht, oder wollten sie ihn nicht verstehn? Inzwischen meint er, das frivole Buch sei tabu. Es widerspreche dermaßen der prüden Lebensauffassung im chinesischen Reich, daß man sich einfach nicht wundern dürfe, wenn es seit drei Jahrhunderten und offenbar noch immer verboten ist.

LaoWai, der die emanzipatorischen Veränderungen im Leben der jungen Generation vor Augen hat, widerspricht ihm: Prüderie oder nicht, Verbot hin oder her - jeder, der lesen kann und Jin Ping Mei lesen will, hat das Buch gelesen, besitzt es oder weiß einen, der's hat.

Dir aber geht es wie einem Chinesen, der durch Deutschland fährt und die Leute fragt, ob sie „Weltel" kennen. Er erhält nur negative Auskunft. Nach China zurückgekehrt, berichtet er, wie es die Deutschen mit dem Buch 'Die Leiden des jungen Werther' halten:

„Offenbar haben sie Goethes Jugendroman vergessen. Womöglich ist das Buch tabu. Verständlich auch, da die junge Generation nichts oder wenig von der Zukunft erwartet. Fürchtet die Regierung, die Suizidrate unnötigerweise zu erhöhen?"

Pekingoper

Schade, an diesem Abend wird nicht der *Affenkönig* gegeben, der mit seinem Schabernack Unruhe in den Himmel trägt. Wäre wohl das Richtige für die dreijährige Veneta. LaoWai hat keine Bedenken, das Enkelkind in eine Pekingoper mitzunehmen.

Wer Pekingoper sagt, meint kein festes Staatstheater, Stammhaus berühmter teurer Stimmen, sondern eine Stilrichtung. Pekingoper gibt es erst seit gut hundert Jahren, und so kannst du sie getrost zu Chinas jüngeren Künsten rechnen. Aber in Gestus und Gesang, vor allem in der Sprechweise, ist sie so weit vom Heute abgehoben, daß die Intendanten recht tun, wenn sie längs der Bühne per Bildwerfer zum Gesang die Schriftzeichen mitlaufen lassen. Pekingoper wird in vielen Städten Chinas aufgeführt. Zum Glück findest du sie noch immer in manch altem Viertel der Hauptstadt. Mag der trübe Saal mit seinem hölzernen Klappgestühl eher einem Kino gleichen, das seine besten Jahre längst hinter sich gebracht hat, triffst du grad hier, in Wattejacke oder Baumwollkleidung, das treue Publikum, das seine Pekingoper kennt, liebt und kritisch begleitet, sparsam mit seinem Beifall, aber sensibel auf Nuancen reagierend, sei's auf ein Lied, einen kühnen Sprung, oft nur einer Geste wegen.

Auch in einem Nebengelaß des *Glockentempels*, selbst am *Himmelstempel* magst du der Pekingoper über den Weg laufen, wenn sich Enthusiasten, Männer mit schütterem Haar, Kälte oder Wind nicht fürchtend, zwischen den roten Holzsäulen niederlassen, sorgfältig die *Zwei-Saiten-Geige* und ein paar Klanghölzer aus der Tasche zaubern und inbrünstig, ohne aufgeschminkte Maske, ohne Kostüm, einen langen Part improvisieren, ganz Stimme, schrill und scharf für sich hin und zur Freude der Umstehenden. Geld wollen sie nicht.

Du wirst die Pekingoper nicht kennenlernen, wenn du auf die jungen smarten Fremdenführer angewiesen bist. Da hilft dir auch nicht die in Deutschland mit deinem Reisebüro verabredete Agenda, auf der ohnehin vorsorglich vermerkt ist: *Dritter Abend: Pekingoper oder Akrobatik-Show*. Mit bewegten Worten werden sie dir weismachen: „Pekingoper ist unverständlich für den Europäer, unerträglich für seine Ohren. Und dauert fünf Stunden. Gehn wir lieber zu den Artisten!“

Die Wahrheit: Sie, die jungen smarten Männer, haben sich nie in die Pekingoper verlaufen, sie mögen sie nicht, wie die meisten ihrer Generation, lieben und kennen weder den Gehalt der alten Fabeln noch die feine künstlerische Interpretation, auf die sie, als Begleiter, kundig eingehen müßten, wenn auch nur zwei Stunden lang, nicht fünf. Wenn unumgänglich, laden sie dich in der

Nobeloper des Nobelhotels ab und erwarten dich am Ende der Vorstellung im Foyer. „Na, hab ich's nicht gesagt?"

Aber auch dort noch wird stimmgewaltig und mit Präzision Staunenswertes geleistet: Orchester, Farbe, Tanz, Maske, Kostüm, das ganze Zusammenspiel phantastisch, freilich eine Spur gröber, auf das Verständnis und den Geschmack der fernhergereisten Ausländer zielend. Entbehren mußt du hier die geeigneten Mitspieler - das kundige Publikum.

Selbst an seiner Arbeitsstelle hat LaoWai in den Pausen von einem selbstvergessen singenden Kollegen manche Arie vernommen, treppab oder zwischen dem Grün des Hofes. Gewiß, auch eine Belehrung durch den Abteilungsleiter hatte opernhafte Züge - inszenierter Theaterdonner. Sonst hat LaoWai keine Gelegenheit versäumt, Pekingoper in sich aufzunehmen, auch auf Reisen tief ins Land, wo sich gelegentlich eine Meßlatte am Eingangspfosten fand: *Für Kinder unter 120 Zentimetern Eintritt frei!* Mit seiner Mutter gehörte auch der Säugling in die Oper. LaoWai erinnert sich, selbst in dem Stück *Die trunkene Schönheit*, in dem Mei Lanfang die Hauptrolle spielte, die Jüngsten im Theatersaal gesehen und vor allem gehört zu haben. Er hat den Nestor der Mimen und großen Neuerer der Pekingoper mehrfach in seinen Glanzrollen erlebt, sehr oft in Gestalt des Mädchens, auf das das Leid der Welt hereinzubrechen droht - in dem bis zum letzten Platz gefüllten Saal hat manches Kind in den Armen seiner Mutter den Klagegesang wie ein Echo begleitet, bis es, unmerklich, von der einen Wunderwelt in die andere hinüberglitt.

Nein, LaoWai hat keine Bedenken, Veneta in die Pekingoper mitzunehmen, sitzt mit ihr in der vorderen Reihe, daß ihr nichts entgeht. Es ist des Mädchens erster Opernabend, und nun ist der Großvater überrascht, weil das Kind zweimal weint, laut genug, daß sich ihr die Opernfreunde rundum teilnehmend zuwenden: Zu Beginn des Abends, als unter dem schrillen Klang der Flöten und *Holzfische* ein gewaltiger Krieger mit seinem Schwert zur Rampe tritt. Ach, sie weiß ja nicht, daß der im Gesicht rotbemalte General ein gutmütiger, jedenfalls gerechter Kerl ist. Zum zweiten Mal fließen die Tränen am Ende der Aufführung, als der letzte der Schauspieler die Bühne verläßt, ohne Wiederkehr.

(September 1991)

Als er ihr ein Kästchen mit alter chinesischer Medizin reichte

Keine Zwingen. Keine Schrauben.
Nur Natur.
Ich erfuhr:
Schlucken heißt, du mußt dran glauben.

(Peking, den 15.4.1992)

Einmal noch nach Hangzhou

Für Dietmar Beetz und Werner Heiduczek

Die unbekannte Gottheit achte ohne Arg, vor allem wünsche und erhoffe dir nichts. LaoWai weiß es inzwischen, aber doch erst, seit der Himmel, gnädig und ungnädig, eine Sehnsucht gestillt hat: Hangzhou.

Gewiß war es unbedarft, zumindest unbescheiden, die Leitung des chinesischen Schriftstellerverbandes zu bitten, neben den Metropolen am Perlfluß und am Ausgang des Yangzi auch Hangzhou in den Reiseplan zu setzen. Von dort waren erst vor kurzem die Bilder eines Taifuns um die Welt gegangen, der die Stadt im Frühsommer streifte. Doch die neu geknüpften Bande, die Schriftsteller aus Peking, Shanghai und Kanton mit denen aus Berlin, Leipzig und Erfurt enger verbinden sollten, waren zu unerprobt, als daß der schon betagte Leiter der Auslandsabteilung den Wunsch der drei Deutschen hätte ablehnen wollen. „Schaut, und versucht euer Glück, wir helfen euch."

Denkt LaoWai an Hangzhou, sieht er die Platanen am Ufer des *Westsees* zerschlagen und zerspellt, niedergebrochen mancher Pavillon, auch in der Altstadt geborstene Bäume, abgestützt und dick mit Hanfseilen umwickelt. Nur alle hundert Jahre kommt solch ein Sturm über die Stadt. Den geduckten Teefeldern unterhalb der Hügel konnte er nichts anhaben.

Ganz still ist das Wasser des Westsees, noch stört der gleichförmige Ruderschlag den Kormoran nicht, im künstlichen See sitzt er auf einer künstlichen Klippe und hält Ausschau nach einem Fisch. Leb' wohl, Kormoran, wir werden dir nicht zu nahe kommen.

Auf dringlichen Wunsch der Gäste - abends Oper. Gespielt wird in einem weiträumigen Saal, weiträumig auch die Bühne. Dreißig Jahre lang ist LaoWai nicht mehr in China gewesen, nun kann er es nicht fassen, daß sich der Zuschauerraum nicht recht füllen will, hier und dort Familien oder Freunde, zumeist aber alte Leute, die dem nicht besonders aufregenden Treiben auf der Bühnc distanziert folgen, mit mäßigem Beifall jedenfalls, Verwechslungsgeschichte mit Liebe und Eifersucht, kunstvolle Arien, schmetterndes Holzfischgetrommel - bis sich der Himmel einmischt und ein Wasserschwall auf das Paar stürzt. Noch überlegt LaoWai, daß er solch naturalistischen Bühneneffekt noch nie in einer chinesischen Oper gesehen hat, als ein Raunen durch den Saal geht. Die umworbene Schönheit streift mit gewohnter Geste, nur umständlicher, die durchweichten langen Ärmel zurück, lächelt die Winzigkeit einer Sekunde - heftiger Beifall; LaoWai wendet sich in den Saal, auch dort, verschiedentlich, Wasser von oben. Nun weicht man in den Reihen aus, aber weicht nicht. Und Donnergrollen, der *Drachenkönig* kehrt zurück.

Anderntags fahren die drei Deutschen im temperierten Gästeauto zum *Kloster der Verborgenen Seelen*; noch ehe sie in der Eingangshalle den aus einem Kampferstumpf geschnitzten Maitreya zu Gesicht bekommen, tauchen sie in das Geschrei zudringlicher Verkäufer; die bieten Gebetsketten, geschnitzte Buddhas, heiligen Krims an. Gut, einer alten Frau nehmen sie ein Bündelchen Räucherstäbe ab, das wird brüderlich zwischen Erfurt, Leipzig und Berlin geteilt. Schon halten sie die Stäbchen wie es sich gehört. Sie nähern sich der Haupthalle, wo, überwölbt von einem Baldachin, die Figur des Shakyamuni auf dem Sockel thront. Ein Mönch bietet Feuer für die Weihrauchstäbchen. „Nun sollten wir auch beten“, sagt Werner H. dem Berliner. „Ja, du zuerst“, bekräftigt Dietmar B., „du kennst dich aus“.

Weit - in Berlin, Leipzig, Erfurt - die Parteisekretäre (und Bischöfe). LaoWai kniet nieder vor dem riesigen Buddha, beugt sich zur Erde, tausend Gedanken jagen durch den Kopf, wie zufällig das alles, wie flüchtig, beugt sich ein zweites Mal. Werden die zerspellten Bäume je zusammenwachsen? Am End' ist es fast ein Gebet, inbrünstig und still: „Einmal noch nach Hangzhou!“

Die temperierte Limousine bringt die drei rasch aus der Stadt, an Teeplantagen vorbei, Bambuswäldchen. Hinter Reisfeldern der Flugplatz. Abschied wie alle Abschiede. Aber der Flug nach Kanton wird nicht aufgerufen. Dann wird eine Verspätung gemeldet, die Ansage wird wiederholt und wird immer vager. Die es eilig haben, ziehen nervös an ihrer Zigarette, jemand fragt, was CAAC heiße und antwortet selbst: „China Airways always cancel!" Ein ägyptischer Physikprofessor mit Schweizer Paß, der immer mit CAAC fliegt, wenn er zu den Computerspezialisten unterwegs ist, die er ausbildet, ergänzt sarkastisch: „China Airways always crash!"

Ein neues Gewitter zieht herauf. Es ist kein Flugzeug zerschellt, es fehlt einfach eins, das schadhafte zu ersetzen. Nach vier Stunden Wartens wird für diesen Tag der Flug nach Kanton abgesagt. Unter dem Gewitterhimmel retten sich drei Deutsche in ein Taxi. Und nun geht es:

Einmal noch nach Hangzhou.

(1988)

Weng ma mi ba mi hong

Weng ma mi ba mi hong! ist die Formel stiller Einkehr. Dicht daran, ihr Geheimnis zu erfahren, hat LaoWai unbedacht oder einer schnöden Tasse Kaffees wegen die Glückseligkeit verwirkt. Denn wo begegnet der Mensch, ob Lektor, Bote, Redakteur, Layout-Frau, ob Übersetzerin oder Schreibmaschinenkraft, des Tages stillem Glück? -

In der Zehnuhrpause.

Fünfzehn Minuten gesteht das staatliche Verlagshaus jedermann zu. Du schreitest fröhlich aus dem Arbeitszimmer, hallend singst du in Gang und Treppenflur einen Part Pekingoper; du forderst deinen Nachbarn zu einer Runde Go oder Schach heraus, die Kiebitze beraten dich; du eilst zu deinem *Qigong*-Lehrer, um zu atmen; du rauchst eine Tabakspfeife; du kletterst unters Dach zum Tanz oder nimmst, lärmend angefeuert, am Pingpong-Turnier gegen die Nachbarstube teil; du greifst zum Schwert, wirst, wenn du dir Mühe gibst, es schwingen wie der *Kriegsgott* selbst. Das ist, wie alles übrige, in einer Viertelstunde nicht zu schaffen, und jeder sieht es ein.

LaoWai aber geht eine Tasse Kaffee trinken. Im großen Eß- und Versammlungssaal hat die Leitung des Hauses für eine durch Blumen abgetrennte Ecke eine Konzession vergeben. Dort treffen sich die ausländischen Mitarbeiter verschiedener Nationen, eigentlich arme Schweine (obwohl siebenmal reicher als ihre chinesischen Kollegen), kauen einen Keks und bereinigen, im Unterschied zu den Regierungen, friedlich die Querelen der Epoche.

Auf seinem Wege zur geheimen Weltregierung ist LaoWai auf dem Hofe eines Tages auf Leute jungen und mittleren Alters gestoßen, die in sich gekehrt ein paar einfache, zudem langsame Bewegungsübungen machen, immer wieder angestachelt durch den überraschenden wie erlösenden Ruf *hsiang*. Das kannst du ebenfalls, denkt er, wird freundlich in die Runde aufgenommen, ruft endlich auch *hsiang*, was mit nachsichtigem Lächeln quittiert wird - und trollt sich fort zu den Weltproblemen.

Das wiederholt sich zwei, drei Tage, wobei er inzwischen rausgekriegt hat, daß *hsiang* „Es duftet!" heißt. Damit können, so früh im Jahr, kaum die bescheidenen Hibiskusblüten gemeint sein, denkt er, schon gar nicht ein heranschwebender dunkler Schwaden vom Heizhaus - Duft von innen gewiß, erlöst durch Gemeinsamkeit.

Am dritten Tage wird LaoWai bedeutet, das Duften sei nicht der Stufen höchste. Es ginge nicht an, die Runde vorzeitig zu verlassen. Schon will LaoWai Besserung versprechen, besinnt sich aber rechtzeitig (die Weltprobleme; der Kaffee) und benennt seine sprachkundige Gattin zu möglicher Nachfolge. Ihr berichtet er überschwänglich etwas von Seelenduft; sie wird mißtrauisch oder neugierig, jedenfalls läßt sie ihren morgendlichen Gemüseeinkauf fahren, taucht ein in den Rhythmus der Gruppe, vernimmt *hsiang*! und steht alles bis zum Ende durch, wo eine jede, ein jeder die Hände vor der Brust aneinanderlegen und den Kopf senken. Schon kommt sie einem Geheimnis auf die Spur, denn die duftende Übung der Gleichgestimmten mündet in ein inbrünstiges, mehrfach wiederholtes Gebet: *Weng ma mi ba mi hong!*

Befragt, erklärt sich eine Hübsche aus der Englisch-Abteilung bereit, LaoWais Frau *Weng ma mi ba mi hong*! in chinesischen Schriftzeichen aufzuschreiben, damit sie den Sinn verstehe. Das Aufschreiben aber gelingt nicht. Was der Satz bedeute, könne sie leider auch nicht sagen, beharrt aber darauf, daß er unentbehrlich sei. *Weng ma mi ba mi hong*! heiße einfach *Weng ma mi ba mi hong*!

Zu Hause, dem geheimnisvollen Klang der Worte nachlauschend, fällt der Frau *Om mani padme hum*! ein. Sie erinnert sich ihres alten Leipziger Tibetischlehrers, Professor Schubert, der den heiligen Satz der tibetischen Lamas noch in der ersten Vorlesungsstunde ins Sanskrit zurückverfolgt und interpretiert hatte: „Du Kleinod in der Lotusblüte!".

Om mani padme hum! Weng ma mi ba mi hong! - das Mysterium bleibt geheimnisvoll, noch im Nachklang. LaoWai hat es nicht erspürt, ist er doch davongelaufen, einer Tasse Kaffee wegen.

(1993)

Anführer

Als LaoWai von einem sprachbeflissenen Einheimischen gefragt wird, ob die Kommunistische Partei die werktätigen Massen anführe, sagt er, das sei eine Frage des Standpunkts. Aber er dachte: Ich habe es erlebt.

Im Himmel der Hunde von Peking

Im Himmel der Hunde von Peking, wenn es ihn denn gibt, stritten sich einmal eine Airedaleterrierhündin und ein Deutscher Schäferhundrüde. Und war nicht das schwachsinnige Gekläff, wer von ihnen dem Stammvater Wolf näher stünde, und ob man die Pekinesen, Palastwauwaus der Kaiser, ihrer Winzigkeit wegen überhaupt zu den Hunden rechnen solle. Nein, es ging um die Verdienste ihrer Herren in der Zeit der *Hundert Blumen*. Dabei waren die beiden privilegierten Köter einander niemals begegnet; nur ihre Schnüffelnasen hatten, auch das höchst selten, voneinander Kenntnis genommen; denn der Schäferhund hatte sich vornehmlich zwischen *China Reconstructs* und zwei anderen Redaktionen sowie dem Amt für Einbürgerung bewegt, die Airedaleterrierdame zwischen der Schwedischen Botschaft und acht weiteren Vertretungen sowie dem Außenministerium. Statt sich still zu freuen, daß sie beide, der herausgehobenen Stellung ihrer Herren geschuldet, dem allgemeinen Hundetod im Gefolge des Koreakrieges entgangen waren, spreizten sie sich voreinander in der Himmelssonne.

„Mein Herr hat China ein Leben lang verteidigt!" brüstete sich der Schäferhund. - „Meiner", spöttelte Frau

Airedaleterrier, „hat China stets kritisiert". - „Mein Herr", trumpfte der Schäferhund auf, „ein amerikanischer Jude, Kriegsberichterstatter aus den dreißiger und vierziger Jahren, ist schließlich Chinese geworden". - „Mein Schwede ist immer Schwede geblieben!" flötete die Airedaleterrierdame. - „Mein Herr ist freudig in den großen Schmelztiegel der Zeit getaucht", bellte der Schäferhund pathetisch und hub zu einen gewaltigen Vortrag an: „Als plötzlich die Menschen, uns nacheifernd, zu *Großen Sprüngen* ansetzten, und schier die ganze Stadt Peking schubweise nach Norden zog, um nahe den *Dreizehn Minggräbern* einen Stausee zu errichten, ist auch mein Herr, ein sehr kleiner Mann, auf einen riesigen Lastwagen geklettert und zum *Shisanling-Shuiku* hinausgefahren. Hat Tag und Nacht geschuftet mit Spaten und Zweiradkarre, daß es richtig auffiel in den emsigen Reihen der Erdarbeiter.

Nun kommen Sie mir bitte nicht, Frau Airedaleterrier, mit der brüderlichen Hilfe der Botschaften - das kennt man doch: in Limousinen vorfahren - Einweisung unterm Sonnendach und erst mal *Drachenbrunnentee* aus Hangzhou, Ausgabe der nagelneuen Spaten und *Drachenbrunnentee*, dann dreimal in die Erde gepickt im Flackerlicht der Fotografen, dann Großer Dank und *Drachenbrunnentee* und ab in die brüderlichen Limousinen. Nein, Eppi, mein Herr, hat geschindert, daß es schon nicht mehr schön war, aber einem jeden kann er stolz ins Angesicht sagen: 'Ich trug das *Shisanling-Gesicht*!' [1]

Als er nach vierzehn Tagen, abgemagert, wieder auf den riesigen Lastwagen kletterte - was lasen die Leute der neuen Schicht an Wand und Mauer? 'Grabt und karrt wie der kleine Amerikaner!' 'Lernt von Israel Epstein!'"

„Wenn was über China zu lernen ist", entgegnete schnippisch die Airedaleterrierdame, „dann doch bitte von Göram Malmquist. Mein Professor weiß unglaublich viel, und über China alles. Der kennt sogar die Schwierigkeit des Unübersetzbaren", und fügte triumphierend an: „und das am Beispiel 'Hund'! Die Rede vor der Europäischen Gesellschaft für Chinaforschung, jedenfalls den Hauptteil, kann ich auswendig", und belferte los und war nicht aufzuhalten: „In der Mitte der fünfziger Jahre habe ich drei Jahre als Dolmetscher und Kulturattaché der Schwedischen Botschaft verbracht. Einige wenige Jahre zuvor waren in China alle Hunde von den Straßen der Städte verschwunden. Deshalb schuf die prächtige Airedaleterrierhündin, die mich täglich zu meinem Amt begleitete, eine enorme Sensation. 'Seht!' riefen die Kinder in der Straße. 'Ein Löwe! Ein Tiger! Ein Wolf! Ein Schaf!' Nicht eins der Kinder vermutete, daß der Hund ein Hund war!

Was war passiert? Das chinesische Wort für Hund - *gou* - , das bis in das dritte Jahrhundert vor unserem Zeitalter zurückverfolgt werden kann, hatte plötzlich seinen Inhalt verloren, und zwar durch ein Dekret des chinesischen Gesundheitsministeriums. In der Sprache der Kinder war das Wort *gou* zu einem sinnlosen Wort geworden ...

Wenn ein Hund sich über Nacht in einen Löwen verwandeln kann, einen Tiger oder ein Schaf, was mag dann Worten mit einer komplexeren, abstrakteren Bedeutung passieren? Worten wie *Freiheit, Individualismus, Kultur, Demokratie?*" [2]

Da schluchzte Epsteins Deutscher Schäferhund auf im Himmel der Hunde von Peking: „Eine Airedaleterrierhündin soll Pekings einziger Hund gewesen sein in der Zeit der Hundert Blumen, es ist nicht zu fassen". Und jaulte und wußte nicht, daß sich ein Professor auch irren kann.

[1] Titel eines Berichts von Israel Epstein im „Sonntag", Berlin 3/1959.

[2] Beginn des Eröffnungsvortrags von Göram Malmquist zum Thema „Die Kunst des Übersetzens". Aus dem Manuskript, Weimar, 1988.

Das klappt immer

Es sind angenehme Augenblicke, wenn sich Gao Longlong, der *Kleine Jadedrachen*, zwar mit instabilem Englischvokabular, aber strahlenden Auges, an uns wendet. Im Parterre des nach frischen Ziegeln und Kalk duftenden Wohnhauses, dort, wo sich die beiden Flügel im rechten Winkel treffen, soll es am Abend ein kleines Fest geben; der Leiter des renommierten *Neun-Sprachen-Verlages* gibt sich die Ehre, will dort am Vorabend des siebten Jahrestages der Revolution einen Club der ausländischen Experten eröffnen. Weiß, was ihm seine Sprachfuchser wert sind, kennt auch ihre Familien, nennt selbst die Vornamen der Krabbelkinder. Da kann die rechte Hand in Ausländerangelegenheiten, besagter *Jadedrachen*, in der Küche nebenan unbesorgt Teewasser aufsetzen. Stolz breitet sie sogar Tischdecken und legt ein paar Sitzkissen auf das spartanisch harte Mobiliar, tut es lächelnd, das macht das kleine Persönchen noch hübscher. Eine Karriere ist ihr sicher. Wenn sie nur ein bißchen besser Englisch spräche! Uns wäre geholfen. Wird sich alles zum Guten richten, denn der aus Trinidad stammende Jack Chen, Cartoonist und Reporter, gibt sich größte Mühe mit ihr, der lustigste von uns; spricht glänzend Englisch, Chinesisch ebenso. Muß eine chinesische Großmutter gehabt haben, wenn er nicht überhaupt Chinese ist, was wir Neulinge vermuteten. Niemand konnte so überzeugend wie er vormachen, wie, mitten im Krieg gegen Japan, eine erste Begegnung geselliger Art zwischen den nach Yan'an entsandten US-Militärs und den aus den Höhlen tretenden chinesischen Partei- und Armeeführern abgelaufen sei. War er gar dabeigewesen? Das Schrittmaterial des Vorsitzenden Mao sei gewissermaßen begrenzt bäuerlich erschienen, aber der weltgewandte Zhou Enlai habe die hübscheste oder verwegenste Amerikanerin aus dem Verbindungsstab um und um geschwenkt, daß sie, befragt, wie es ihr bei den Kommunisten gefalle, ganz außer Atem gehaucht habe: „What a nice party!"

Die Party heute würde neun Parteien ausmachen, falls auch unsere drei Russen kämen. Sie wohnen, halb beneidet, halb bedauert, als einzige draußen in dem hinter Feldern gelegenen Vorort Haidian, und zwar in der weiträumig ummauerten sowjetischen Expertenfestung *Drushba-Hotel* - Neubauten mit aufwendig geschwungenen chinesischen Palastdächern, den Baustil eines künftigen Peking ahnen lassend.

Schon treten die ersten Gäste in das Zimmer, in dem bis in die letzte Stunde gemalert, getischlert und schließlich mit dem chinesischen Fransenbesen aufgewischt worden war. Die Inder, Junggesellen alle beide, haben sich fein gemacht für den Abend, ebenso der Iraker; würdevoll kommt das spanische Paar, das für einige Zeit das Moskauer mit dem Pekinger Exil getauscht hat, setzen sich zu den Nachbarn, französischen Kommunisten; die sind nicht minder revolutionsbegeistert als die frisch eingetroffenen DDR-Deutschen, mein Mitstreiter Harry T., der seine Renate in Weimar gelassen hat, und ich. Meine Familie wird sich ob ihres zweijährigen Peter zu den Kleinkinder mitführenden Nationen zählen dürfen: dazu gehören Eric und Patience, Londoner, einst Kombattanten im Spanischen Bürgerkrieg, sie haben ihren Nachzügler Bobby schon ins Bett gesteckt; ob das japanische Ehepaar, sie heute im Kimono, die Kinderfrau mit der Beaufsichtigung ihres Jungen beauftragt hat? Man erfährt es nicht, Japaner sind zurückhaltende Leute, hier in China zumal. Die zierlichen Indonesier klettern abwechselnd alle fünf Minuten in den dritten Stock, um nachzusehen, ob ihr kleines dunkelbraunes Mädchen endlich eingeschlafen ist. Tatsächlich, auch unsere Russen, mit dem Dienstauto geholt, besuchen heute ihre Kollegen, ein großer Tag.

Der hochaufgeschossene Direktor dankt mit einer kleinen Ansprache auf Chinesisch für die gemeinsam geleistete Arbeit. China sei noch rückständig und arm. Bei den ersten Schritten, die das Land auf internationalem Parkett mache, bedürfe es des Rates der ausländischen Freunde aus aller Welt.

An den Tischen wird alles simultan in die Sprachen der Experten übersetzt. Die Inder rufen sich ein Scherzwort zu, steif sitzen die Russen. Der Club sei ein Symbol der Völkerfreundschaft, sagt der Direktor. Hier sollten sich die Experten, wann immer, versammeln, hier könnten, wie schon vor zweitausend Jahren im alten China, '*hundert Schulen miteinander streiten*'. Auch die Feste gehörten hierher, wenn sich die Erfolge einstellten. Wer Wünsche und Anregungen für den Club habe, möge sich an ihn oder direkt an Gao Longlong wenden, die die Jugendverbandsleitung im *Neun-Sprachen-Verlag* extra für die Kontakte mit den ausländischen Fachleuten abgestellt habe. Hiermit sei der Club der ausländischen Experten eröffnet - der Direktor hob ein Glas Wein und forderte alle Anwesenden auf, mit ihm auf alle Länder und Parteien, aus denen wir kämen, anzustoßen; er jedenfalls wünsche uns und den Völkern eine gute, selbstbestimmte Zukunft.

Die Russen nippen an ihrem Glas, brechen aber bald auf zur Versammlung im *Drushba-Hotel*, wo es nach Chruschtschows Parteitagsrede über Stalin viel zu bereden gibt. Auch der Direktor empfiehlt sich rasch, gefolgt von Jack Chen und dem *Kleinen Jadedrachen*, die ebenfalls was zu bereden haben.

Ja, Feste wollen wir gemeinsam feiern, beschließen wir über die Tische hinweg, wähnen, es werde bald schon eine internationale Hochzeit geben!

Der Vorschlag, unsere jeweiligen Heimaten nunmehr mit einem Volkslied vorzustellen - *Sur le pont* stand sehr hübsch für Frankreich und *Spaniens Himmel breitet seine Sterne* für die ganze DDR - , scheitert oder versandet schnell an japanischer Scheu, an der erklärt nicht vorhandenen Musikalität des Irakers sowie an indonesischer Pflicht zur Konspiration. Immerhin verabreden wir, Erdnüsse knabbernd, uns von Zeit zu Zeit über die jeweilige Lage unserer geplagten oder glücklichen Heimatländer zu verständigen. Noch ahnten wir nicht, geschweige unsere Inder, daß zum Beispiel die Hintergründe der Hintergründe des Kaschmirproblems auch mit zwei Clubabenden nicht aufzuhellen sind.

Aber wenn Jack Chen nach mehrmonatiger Reporterreise durch China in die Redaktion zurückkehrte, war ein Clubabend höchst fesselnd, jedenfalls um ein mehrfaches interessanter als später die gedruckten Texte. Der *Kleine Jadedrache* saß dann still und staunend zwischen uns, die großen Augen glänzten.

Jack berichtet von seiner ausgedehnten Reise durch das Autonome Gebiet Xinjiang. Dort habe er in einer ziemlich unwirtlichen Region ein ehemaliges Feldlager früherer *Guomindang*-Soldaten besucht; in der Endphase des Befreuungskrieges hätten die Soldaten und Offiziere kampflos ihre Waffen niedergelegt, zwei Regimenter gleichzeitig. Aber die Befreiungsarmee, die bei ihrem raschen Vorstoß schon keine Möglichkeit mehr sah, sich mit den überlaufenden Truppenteilen der

Tschiang-Kaischek-Armee näher zu befassen, hätte einfach angeordnet, zugweise Arbeitsbrigaden zu bilden und für den Eigenbedarf an Ort und Stelle das Land urbar zu machen. „Muß ziemlich eintönig gewesen sein - lauter Männer“, sagt Jack und ergänzt: „Mit der Zeit kommt's, wie's eben so kommt: Einer der Urbarmacher macht den Anfang, schreibt einen Brief viertausend Kilometer weit nach Süden in sein altes Heimatdorf:

Liebe Mutter!
Guten Tag. Wir haben uns fast sechs Jahre nicht gesehen. Mir geht es gut, Du weißt es schon. Längst haben wir uns feste Häuser gebaut. Ich habe mein Auskommen, bin Brigadier bei den Tischlern. Habe auch etwas Geld zurückgelegt. Aber inzwischen, wie sag ich's, bin ich schon ein erwachsener Mann. Bitte, Mutter, schau Dich doch mal um im Dorf und suche mir ein gesundes fleißiges Mädchen, das zu mir paßt, Du kennst mich doch. Und schicke es her. Sie soll es gut bei mir haben.
Grüße sie und alle zu Haus,
Dein gehorsamer, Dich treu liebender Sohn.

Zwei Monate später“, sagt Jack Chen, „kommt so ein junges Ding aus dem Süden mit dem Empfehlungsbrief der Mutter in das Steppendorf“.
„Und das klappt?“ frage ich. -
„Das klappt immer!“ sagt Jack Chen. -

Bald ist Jack Chen mit Fotoapparat und Skizzenblock in einer anderen Steppe - wir fragen den *Kleinen Jadedrachen* nicht wo. Er ist sehr still.

Wochen vergehen - ich treffe Jack auf dem Markt im *Millionendorf*: „Alter Junge“, sag ich, „wann ist Hochzeit? Alle haben Lust auf eine rauschende Feier im Club“.

„Die Feier wird's nicht geben“, sagt er traurig. -

„Wie das? Der Kleine Jadedrachen liebt dich, ohne Zweifel.“ - „Das stimmt“, sagt Jack. „Aber die Leitung des Jugendverbandes hat mit Gao Longlong gesprochen: 'Er ist 15 Jahre älter als du', haben sie gesagt. 'Er hat so lange im Ausland gelebt, hat ganz andere Sitten als du, der paßt doch nicht zu dir, nicht wahr, das siehst du doch ein'“. -

„Und da kann man nichts machen?“ frage ich erschrocken. - „Das klappt immer!“ sagt Jack Chen.

Der Dolmetsch

Im Winter 1957/58, so recht zur Jahreswende, wenn ein bißchen Zeit bleibt für einen Schwatz, war bei den in Peking residierenden Deutschen ein kleiner Junge ins Gerede gekommen. Mag durch Erzählen und Wiedererzählen auch ein wenig ausgeschmückt worden sein - Legende entsteht leicht, wenn sich Studenten fröhlich unterhalten oder die Raucherrunde der Botschaftsmitarbeiter selbstbewußt vor die in Baumgrün getauchte Diplomatenfestung tritt, die noch aus Kaisers Zeiten stammt.

Ich sehe das nüchterner, jedenfalls mehr naturgegeben: der kleine Kerl war doch trainiert, täglich mit sehr unterschiedlichen Leuten zu verhandeln, und ohne Schlagfertigkeit ging es in einem chinesischen Kindergarten und gar am Warteplatz von Kraftfahrern überhaupt nicht ab. Auch suche ich mich in die Erfahrungswelt des Jungen hineinzuversetzen:

Wohlgeordnet war das Leben, blau der Himmel, die Morgensonne lächelte fast so schön wie der Vorsitzende Mao, der - tut! tut! tut! - mit seinem Auto durch die Stadt fährt, um die Kinder zu besuchen, was sonst. Aber die Sonne hatte an Kraft verloren, und der Vater bestand darauf, daß Zhang Ai die Handschuhe heraussucht und dem Jungen eine Pudelmütze über den Kopf stülpt. Nun kann man nicht mehr erkennen, daß dieser kleine Chinese namens *Bide*, der eigentlich Peter heißt und nun zu den Spielgefährten in die Kinder-Rikscha klettert, vom langen Sommer ausgebleichtes, zwischen all den Schwarzhaarigen eben helles Haar trägt. Der alte Rikschafahrer, ein freundlicher Mann, hält das Fahrzeug fest. Übermütig ruft der Junge „*Zai jian*!" aus dem Fensterchen des auf eine Gepäckkarre montierten hölzernen Kinderhauses, in dem sie zu sechst auf Bänkchen hocken, und ab geht's. Wird nachmittags mit dem Gefährt in den Hof des *Neun-Sprachen-Verlages* zurückkehren, seine Ai wird ihn freudig in Empfang nehmen, wird ihn bewaschen, bekochen und wird mit den Kraftfahrern am Eingangsgatter zetern, wenn sie wieder feststellen muß, daß die sich damit die Zeit vertrieben haben, dem Jungen derbe Flüche und Schimpfworte beizubringen, ohne die ein personengebundener Autofahrer nun mal nicht auskommt, die aber aus dem Munde eines fast vierjährigen Chinesen mit weißem Haar, so exakt Aussprache und Ton auch stimmen, befremdlich, jedenfalls ganz schön frech klingen.

Eben kommt der Verlagsleiter über den Hof geschlendert und beginnt in gepflegtem Pekinger Slang seinen Disput mit dem Jungen: „Na, *Bide*, du machst Sachen, stehst schon wieder an der *Großen-Buchstaben-Zeitung*". Und der antwortet, im gleichen Tonfall: „Das muß ja nun nicht immer was Schlechtes bedeuten - oder?"

Nun trollt er sich noch für eine Weile zu seinen chinesischen Freunden an einen Berg aus Bausand; dort spielen sie, was sie täglich spielen und was sie auch nicht müde zu machen scheint: Anlauf nehmend, mit einem Holzgewehr in der Hand, keuchen sie den Hügel hinauf und schreien: „*Zhonguo renmin yiding yao jiefang Taiwan!*" - Und wieder runter, daß es richtig stiebt, und aufs neue in Schützenkette hoch: „Das chinesische Volk wird unbedingt Taiwan befreien!"

Die Kinderfrau, welche die Mutter die Woche über vertritt, bis jene sich am Sonnabendnachmittag aus dem Studentenheim der Universität zu Mann und Sohn stiehlt, hat nichts gegen das Spiel. Ihr Jüngster - *Wan Hong*, was *Zehntausendrot* heißt, denn der war im Vorjahr an einem 1. Mai geboren worden - wackelt mit einem Stecken den Größeren hinterher; aber nun wird sie die beiden Kinder noch einmal waschen müssen.

Das Gespräch des Jungen mit dem Vater ist bei weitem nicht so flüssig wie mit ihr - der spricht eine Sprache, eine ziemlich schwierige, die rundum fast niemand spricht und nur eben so wenige verstehen.

Bald wird es ein Fest geben, hört Peter, auf das er sich schon freuen soll, aber das rundum fast niemand kennt und niemand feiert. Er darf sich was wünschen, und was er sich wirklich wünscht, ein richtiges Gewehr, wünscht sich der Vater für ihn derzeit nicht. Wird ein schönes Fest sein.

Professor Feng Zhi von den Germanisten weiß natürlich, was den Deutschen Weihnachten bedeutet, war ja schon ein paarmal in Germanien und kennt unsere Sentimentalität schon von Heinrich Heine her, den er aufs Vorzüglichste ins Chinesische übertragen hat. Er und seine Frau bringen überraschend zum dritten Advent im Topf ein Bäumchen, nicht Fichte, auch Kiefer und Tanne nicht, eine Art Lebensbäumchen, aber in schönstem Grün. Nun kann man im Klubzimmer der ausländischen Experten wirklich Weihnachten feiern mit den Kindern. Als Father Christmas bietet sich ein langer schlaksiger Amerikaner an, der im Koreakrieg die Seite gewechselt und in China Asyl gefunden hat. An Kuchen und Kakao fehlt es nicht, nicht an Liedern, englischen, deutschen, und der vom Dichter Feng Zhi gestiftete Weihnachtsbaum strahlt im Kerzenlicht. Father Christmas zottelt umständlich die Geschenke aus dem Sack und hat es ein wenig schwer, die Bilderbücher, Baukästen, Puppen und anderes Spielzeug gegen ein Sprüchlein oder Lied an die vorbestimmten Kinder zu verteilen.

Tags darauf, ein Arbeitstag wie jeder andere, sehen die ins Zimmer tretenden chinesischen Spielgefährten die Bescherung. *Bide* zeigt den neuen Lastwagen und den Pinguin, und die Kinder fragen: „Was ist denn los?" - „Ganz einfach", sagt *Bide* auf Chinesisch, „der Weihnachtsmann mit dem langen weißen Bart war da". - „Weeer war da?" fragen sie. Da wird dem blonden Chinesen deutlich, daß er sich übersetzen muß. „*Gao ganbu lailiao*", sagt er, was nichts anderes heißt als „Der Große Funktionär ist hiergewesen". Und siehe, sie verstehn.

Der Meisterbrief

LaoWai gehört ein sorgfältig bedruckt und beschriebenes Blatt im Quartformat, schwarz und blau die Schriftzeichen auf blaßgelbem Grund, rot ein großer quadratischer Stempel und ein angeschnittenes Siegel, das Ganze gerahmt von sechzehn kleinen und einem größeren roten Stern, sowie gemalten Reisbüscheln und Kornähren. Sieht aus wie ein Meisterbrief, der hinter Glas in einer Backstube hängen könnte oder in einer Getreidemühle, wäre da nicht auch ein mit Hohlsiegel gesichertes Paßfoto zu sehen, seines, Mann mit kräftigem Haarwuchs und glattem, unbekümmertem Gesicht. Bei genauem Hinsehen sind vier Faltspuren zu entdecken, entlang derer das Blatt rasch in ein rechteckiges Zertifikat verwandelt werden kann. Ungültig alles.

Und doch zählt LaoWai das gilbende Blatt zu den Kuriositäten, die er aufheben wird, zumal es solch ein Dokument, dessen Besitz nur für eine eng begrenzte Zeitspanne vorgesehen und erlaubt war, so nicht mehr gibt. Die Art des Erwerbs erinnert ihn an Unbedarftheit, die wir uns nur in der Jugend leisten.

Der Meisterbrief, der das Auge erfreut, entpuppt sich für den Lesekundigen als Genehmigung der Zentralen

Volksregierung für eine Erholungsreise im Sommer 57 zum berühmten Badeort und Kriegshafen Qingdao, beantragt von LaoWai (das Wort selbst gab es noch nicht) über den Abteilungsleiter im chinesischen Verlag, den Verleger, das Ministerium für Kultur und unter Nummer 1150 vom Ministerium für Öffentliche Sicherheit registriert und von Kang Sheng, dem Minister, höchstselbst unterschrieben. Wie sicher hat LaoWai sich da fühlen dürfen. Ihm war erlaubt, mit Frau und Kind und Großmutter, von Peking über Jinan nach Qingdao eine Urlaubsreise anzutreten: „Wir erwarten", steht geschrieben, „daß die Posten der Militärpolizei entlang der Strecke alles prüfen und sie passieren lassen".

Entlang der Strecke und den ganzen lieben Urlaub lang hat LaoWai keinen Posten gesehen. Aber bei der Rückkehr nach Peking, da standen zwei junge Männer am Ende des Bahnsteigs und warteten schon auf ihren Schutzbefohlenen nebst Anhang. Dazumal, acht Jahre nach der Revolution, gab es nur wenige Ausländer, die durchs Land reisten, zu allermeist russische Experten aus Ämtern und Ingenieurbüros, wo sie auftauchten, rasch von Kindern begleitet, die ein ums andere Mal *Sowjetischer Großer Bruder* skandierten. Zeit einer ungeahnten Großen Harmonie.

Die beiden jungen Männer im blauen Kaderanzug grüßten höflich und hatten nur die Aufgabe, die Genehmigung ihres Ministers - den Meisterbrief - wieder einzusammeln. In eben der Sekunde wird ein Plan geboren, der nicht wieder aufgehen kann: LaoWai versteht nicht. Er überreicht seine Fahrkarte. - Nein, die wollen sie nicht. - LaoWai kramt den Paß heraus. - Auch der ist nicht verlangt. - Derweil wird der Kreis vergnügter Zuschauer größer, die Frau, des Chinesischen kundig, eilt, den Jungen auf dem Arm, herbei, aber LaoWai zischelt ihr zu: „Misch dich nicht ein!" und übergibt den Sicherheitsbeamten fröhlich und begütigend seinen chinesischen Betriebsausweis. - Nein, das sei das Gewünschte nicht. - Der Gesundheitspaß. - Ebenso. - LaoWai fischt nach seinem Gewerkschaftskärtlein. - Wieder falsch. - LaoWai, verzweifelt, zückt das Portemonnaie. -

Nein, nein, es sei keine Geldfrage. - Nun beginnt LaoWai, kooperativ wie er nun mal ist, seine Jacken- und Hosentaschen von innen umzustülpen, ein Taschenmesser purzelt aus der Hose, ein Radiergummi... Da regt sich Erbarmen, oder sind es die Umstände? Die zwei Beamten jedenfalls, umringt von Dutzenden fröhlicher Leute, die viel Zeit für ein Rüpelstück haben, geben den Weg frei.

So ist LaoWai zu einer Trophäe gekommen. Und war das kein Meisterstück?

Verwunderung

Von der Geschicklichkeit chinesischer Arbeiter und Handwerker hat LaoWai sich viele Male überzeugen können. Wie werden diese tüchtigen Leute die Welt verändern, hat er oftmals gedacht, wenn sie sich mit moderner Technik und Wissenschaft einlassen ... Jedenfalls gab es schon Mitte der fünfziger Jahre keinen kaputten Fotoapparat, in den sie sich nicht hineingedacht hätten, um für LaoWai den Fehler zu entdecken und schließlich zu beheben. Aber verwunderlich war das nicht.

Wer sich die Raritätenkabinette europäischer Fürsten anschaut, stößt gewiß auf eine chinesische Elfenbeinkugel, die es in sich hat. LaoWai aber besitzt eine Kugel aus mattgrüner Jade, die gleichfalls kunstvoll geschnitzt ist: hat vierzehn runde Öffnungen, durch die eine kleinere Kugel gut sichtbar ist. Jene läßt sich spielend drehen und gibt sogleich eine weitere Kugel zu erkennen, welche sich in dieser bewegt und so fort. Manchmal greifen die Enkel nach LaoWais Kugel, umfassen sie mit ihren Händen, drehen mit einem Streichholz die inneren, immer kleineren Bällchen und zählen - es sind fünf Kugeln ineinander, geschnitten aus einem einzigen Jadestück. Vielleicht sollte man das Schnitzen von

Elfenbein nicht mit der Bearbeitung der spröderen Jade vergleichen, aber schwierig ist beides.

LaoWai ist den chinesischen Elfenbeinschnitzern begegnet, als ihr Handwerk noch unbestritten war. Immer hat er ihr Können bestaunt. Wirklich gewundert hat er sich, als er in einer Handwerkergasse der alten Kaiserstadt Kaifeng mit einem Meister der Zunft in einen merkwürdigen Disput geriet. Ob es gleich Jahrzehnte her ist, wird er doch den alten Mann mit der in die Aughöhle gepreßten Lupe nicht vergessen. Der reicht ihm die fast faustgroße Kugel, LaoWai dreht sie und zählt acht weitere. „Das ist erstaunlich“, sagt er dem Mann.

Einem Zufall geschuldet, hat LaoWai in seiner Reisetasche eine versiegelte Schnapsflasche, in der ein dreimastiges Segelschiff seine imaginäre Bahn zieht, kramt sie heraus und sagt: „Das bauen sich die Matrosen, wenn sie auf Heimatkurs sind, aber mit Ihrer Kunst ist es nicht vergleichbar“. - Der Meister nimmt die Buddel, hebt sie gegen das Himmelslicht. Er dreht und wendet den gläsernen Hohlkörper ein ums andere Mal und murmelt: „Wie kommt das Schiff in die Flasche? Wie kommt es in die Flasche?“ Da wundert sich LaoWai.

Gulliver

Der Sommer 1957 ist nicht heißer als andere Pekinger Sommer. Schlimm genug. Selbst die Septembersonne kennt keine Gnade. Allen Mitarbeitern des *Neun-Sprachen-Verlages* ist eine lange Mittagspause verordnet - zwei Stunden. Die ausländischen Experten, wenn sie nicht gerade aus Indien oder Arabien stammen, überqueren möglichst rasch den glutheißen Hof - die chinesischen Kollegen schreckt indessen eine schrille Glocke auf; sie strecken sich, reiben die Augen und setzen sich an die Holztische, eben noch das harte Lager.

An solch einem Tag freut man sich über jede Unterbrechung des Trotts. Wir haben einen Deutschen von der Kunstakademie zu Gast; schüchtern ist der kleine Mann mit großer Skizzenmappe in das Redaktionszimmer getreten. Jack Chen stellt seinen Graphikerkollegen John Heartfield im Namen des Künstlerverbandes den chinesischen Designern, Buchbindern und Fotografen vor.

Heartfield erhebt sich. Das schüttere, scheitellose Haar, glatt nach hinten gekämmt, so steht er vorn am Tisch. Stirnfalten, akzentuiert durch Senkrechtlinien von der Nasenwurzel aufwärts. Ist sechsundsechzig, schaut in die Runde. Gekommen, um ohne Vorbehalt seine Erfahrungen weiterzugeben - die chinesischen Kollegen sind erschienen, zu allermeist, um sich den berühmten Deutschen einmal anzusehen und eine Tasse Tee mit ihm zu trinken.

Der aber nimmt seine Sache ernst. Während der große Propeller an der Decke, kaum Kühlung bringend, ein wenig die Luft bewegt, berichtet Heartfield, wie und warum er zur Schere gegriffen und ein Leben lang Fotos gesichtet, zerschnitten und umständlich mit Kleister aneinander geklebt hat. Wie diese Collagen auf die Zeitgenossen gewirkt haben, warum sie von den Herrschenden oft drakonisch unterdrückt wurden. Er freue sich, hier zu sein und diesen eigenartig brandigen Geruch Pekings zu atmen, aber das China der Revolution beeindrucke ihn schon Jahrzehnte. Daß er ihnen, seinen lieben chinesischen Genossen, heute was zeigen könne, danke er dem Umstand, daß sich ein gut Teil der Arbeiten gerade als Ausstellung in Moskau befunden habe, derweil Hitler in Deutschland an die Macht kam. In Kisten hätten diese Bilder Nazizeit und Krieg überlebt. Abteilungsleiter Ma, der lange Jahre in Deutschland verbracht, überdies mit einer Deutschen verheiratet ist, übersetzt vorzüglich. Aber die Welt ist fern, aus der hier Kunde kommt, die Gestalten, ob Schurke oder antifaschistischer Kämpfer, sind kaum bekannt - spürbar ist die flammende Leidenschaft dieses Deutschen. Der nimmt jede Frage auf, antwortet freundlich; wo es geht, ganz praktisch, aber ohne Rücksicht auf Raum und Zeit. Steht einen Augenblick selbstvergessen vor den ausgebreiteten Bildern, seinen Waffen gegen Armut und Krieg.

Merkt er nicht, daß seinen Zuhörern inzwischen der Magen knurrt? Heroisch harren sie aus, nur ein oder zwei junge Mütter stehlen sich zu ihren Kindern davon.

Mit einem Handtüchlein wischt sich Heartfield den Schweiß aus dem Gesicht. Nun holt er, ganz still, eine ein paar Jahrzehnte alte Fotomontage hervor, die jedermann in der Runde augenblicklich elektrisiert: *China, der Riese, erwacht*. Vergessen Hitze, Müdigkeit, Hunger: wir sehen, halbentblößt in der Gestalt eines chinesischen Kuli, Gulliver, der sich der Fesseln entledigt.

Oftmals, wenn mir China in den Sinn kommt, denke ich an dieses Bild. Heute mehr als gestern.

Chinagras

Dies war nicht Sonne.
Wo ist deine Kraft,
wo ist dein leuchtendes Grün,
Chinagras, falbes,
verdorrt wie mein Traum.

Leuchtend und grün,
wenn der Regen fällt,
stehst du auf.

(1969)

Der verlorene Frühling

Als LaoWai in der Mitte des unruhigen Jahrhunderts nach China gelangt, scheint das Land in einen einzigen großen Frühling getaucht. Sonne strahlt, die von keinem Untergang weiß. Was für Jahrtausende unumstößlich schien, ist in Frage gestellt. Schmerz und Leid - vergessen, vergangen wie die Nacht. Diebstahl, Bestechung, die Laster - verschwunden, denkt LaoWai. Der neue Tag zählt, nur der. Vor ihm neigt sich die staunenswerte Historie, um - abzutreten. Die Händler mit den zweifelhaften Kostbarkeiten schneiden wehmütig die überlangen Fingernägel. Selbst die Götter erblassen vor dem dynamischen Heros, der aus Steppen und Gebirgen kam.

Hundert Blumen blühen. Welken. Die Vögel der Hauptstadt, erschlagen im Drei-Tage-Krieg gegen den Sperling. Großer Sprung. Die *Zeitungen der Großen Buchstaben*, hoffnungsvoll an die Wände geklebt, auf Wäscheleinen geheftet quer durch die Kantine. Zerstreut wie die Vorwitzigsten der Schreiber. Frühling? Jedenfalls wird kein Winter mehr sein: Der Puddelofen auf dem Hofe frißt die Heizkörper. Wir produzieren Bücher und Stahl! Die endlosen Versammlungen, das tödliche Gewäsch.

Am Grabe des Konfuzius

In Qufu weilt LaoWai gern, er genießt das quirlige Treiben in den Gassen, er mag die Han und die Hui und schätzt es sehr, daß Buddhisten wie Mohammedaner - und die Ungläubigen - sich miteinander vertragen. Wenn er Ruhe sucht, geht er zum Tempel, der dem Konfuzius geweiht ist, dem Moralisten und großen Lehrer der Nation. Chinesisch heißt er Kongzi. Er, der aus verarmtem Adel stammt, hat die namenlosen Lieder und Gedichte der Alten gesammelt, um sie an uns weiterzureichen. Unter einem Ginkgo-Baume sitzend, es ist beinahe zweieinhalb Jahrtausend her, hat er seine Schüler versammelt. Über Götter und Geister hat er nicht gesprochen, hat allenfalls gesagt: „*Das Qilin* (Einhorn) *ist schon lange nicht mehr gesehen worden...*" Hat sie patriarchalische Unterordnung gelehrt - vor dem Herrscher beuge sich der Untertan, vor dem Manne die Frau, vor den Eltern die Kinder, der jüngere Bruder gehorche dem älteren. Das war verhängnisvoll.

Geh in ein Amt, geh in eine chinesische Familie: alle Aufstände gegen Konfuzius - so gut wie fehlgeschlagen. Den Tempel, der ihm zu Ehren vor zweitausend Jahren in Qufu errichtet wurde, hat er nie gesehen. Drachen zieren die zehn Steinsäulen am Eingang zur *Halle der Vollkommenheit*, die schon mehr als 900 Jahre alt ist - gemeißelte Pracht von solcher Schönheit, daß man sie mit roten Tüchern verhängt hat, wenn der Kaiser, Dankopfer zu bringen, aus der Hauptstadt angereist kam - er hatte keine schöneren.

Kongzi hat leibliche Nachfahren bis in unsere Tage. Wer den Namen *Kong* trägt, darf auf dem *Friedhof der Familie Kong* begraben werden.

LaoWai läuft mit einem chinesischen Geschichtsprofessor, einem Freunde, durch das weite Areal. Läuft neben einem Hünen, wie sie nur die Provinz Shandong hervorbringt. Es ist ganz still im Wald der Toten, nur eine Amsel ruft über die Gräber. Gelegentlich treffen sie auf Spuren der Verwüstung, die die kulturrevolutionär entflammte Jugend angerichtet hatte, geborstene Grabtafeln, unlängst restauriert. Hier und dort auch Reste des mit roter Ölfarbe aufgemalten Gegenbefehls: *Unbedingt schützen!* - „In zwei Wellen waren die weitgereisten Eiferer über Qufu gekommen“, sagt der Professor und seufzt. „‘Grabt die Gräber auf - es ist ein Traktor drin!’ riefen sie den Bauern zu.“ - Nach einer Weile fügt er an: „Ich, ein junger Student, war zu dieser Zeit hier stationiert“. Und sagt: „Auch das Grab des Kongzi ist aufgebrochen worden.“ - „Und was fand sich?“ -

„Nichts!“ sagt der Professor.

(1992)

Eine alte Frau

Die Zeit heilt alle Wunden, das sagt man so.

„Es ist Selbstmord gewesen", sagt die alte Frau. „Immer ist es Selbstmord gewesen. Nach der Kampfversammlung. Es gab keinen Prozeß. Und es wird auch keinen geben."

„Und wie ist es dir ergangen?" fragt LaoWai.

„Ich lebe", sagt die alte Frau. „Ich lebe zwischen den Mördern."

Kälte

Daß Harbin einen hinreißenden Frühling, auch einen warmen, womöglich glühenden Sommer haben könnte, da jeder, der die Zeit findet, zum Songhuajiang hinauszieht, sich in den Fluten zu erfrischen, würde LaoWai niemals in Abrede stellen. Er aber kennt die russischste aller chinesischen Städte nur tief verschneit. Da drängt, wie sommers, alles Volk zum Strand der *Sonneninsel*. Dick in Wollpullover und Wattezeug gehüllt, die Pelzmütze über die Ohren gestülpt, sucht es dem beißenden Frost die Winterfreuden abzujagen.

Als die Hohe Leitung den ausländischen Experten fünf Januartage für einen Winterausflug freigibt, melden sich viele, schrecken dann aber zurück, als die Höhe der Reisekosten benannt wird, ein üppiges Sümmchen, das man kurz vor dem Fest nicht ohne weiteres in den kalten Wind werfen möchte.

Die Mitarbeiter der eifrigen Mittleren Ebene, die den Ausflug in allen Details vorbereitet hatten, lassen sich jedoch nicht entmutigen, selbst dann nicht, als angesichts eines aus Sibirien heranziehenden Kältetiefs fast alle Reisewilligen von dem Vorhaben lassen. Was macht die schlechtbezahlten Staatsdiener kurz vor dem *Frühlingsfest* so eifrig?

Aber nun hilft auch kein Preisnachlaß mehr, kein Locken mit einem zusätzlich ins Programm genommenen Besuch an der russischen Grenze, wenn die Schneeverhältnisse es zuließen. Am Ende sind es vier japanische Kollegen und eben ein Deutscher, die in die mittelgroße Maschine der *Nordost-Fluggesellschaft* klettern, von rund zehn Betreuern aufmerksam begleitet.

LaoWai, der Harbin mehr als dreißig Winter nicht gesehen hat, ist neugierig auf die Stadt. Der Kleine Chong, mitgesandt von der Deutschabteilung, will ein Paar Schlittschuhe kaufen. Seine Sprachfertigkeit im Deutschen ist noch mager wie bei vielen, die frisch von der Uni gekommen, aber Xiao Chong weiß noch jede Vokabellücke mit einer urkomischen Umschreibung zu überbrücken, die nicht selten in ein irritierendes, durchaus ansteckendes Lachen mündet, während die linke Hand vor den Mund schnellt, als könnte sie das Ausgesprochene wieder einfangen. Jeder erinnert sich an Xiao Chongs „Saugtauben", die persönliche Übersetzung für frisch geschlüpfte Taubenküken. LaoWai, der mitgelacht hatte, war sich eine Sekunde zu spät bewußt, wie ungerecht es ist, sich auf Kosten eines jungen Kollegen zu erheitern. In Wirklichkeit beneidete er den Kleinen Chong seiner Fremdsprachenkenntnis wegen - vermöchte er es nur wie jener, den benötigten Ausdruck im rechten Augenblick zu erhaschen oder zu erfinden. Freut sich also, daß Xiao Chong mit von der Partie ist - man würde viel miteinander reden.

Denkt LaoWai heute an die Reise nach Harbin, fröstelt ihn. Und es ist nicht die Erinnerung an minus 28°C, die ihn frieren macht. Dabei ließ sich alles so hübsch an: Mäßig gerüttelt landet die Reisegesellschaft auf der weißen Piste, tiefblau der kalte Himmel. Aus einem zweiten, kurz nach ihnen gelandeten Flugzeug klettern Gäste aus Malaysia und Singapur, kälteerpicht, Auslandschinesen, für zwei Wochen in der alten Heimat, zeigen ihren Kindern das Unvorstellbare: Schnee. Schnee rundum, soweit das Auge reicht, meterlange Eiszapfen unterm Hangardach. Und ein hübsches, stupsnasiges Mädchen, das die Mutter Meihua ruft - *Winterpflaumenblüte* -, greift blitzenden Auges nach den leise fallenden Flocken.

Ein paarmal wird LaoWai den dick in Pelze gehüllten Kindern und ihren gut betuchten Eltern begegnen - *Winterpflaumenblüte* in der Troika vorbeisausend, die Schlitten von struppigen Pferdchen gezogen, wird sie unten am Flusse beim Eissegeln wiederfinden, oder was die Betreiber so nennen, denn es ist nur eine abgesteckte kleine Fläche freigefegt; trifft sie auch bei den „Winterschwimmern“, unerschrockenen Männern und Frauen - für ein Entgelt führen die, ins freigehackte Areal springend, nun bei minus 29,5° C die Kunst des Nichtfrierens auf. Wird Abschied nehmen von *Winterpflaumenblüte* unter magisch in farbigem Neonlicht erstrahlenden Eisplastiken, zwischen Göttern und Fabeltieren, über die spätestens die Maisonne ihr Urteil fällen wird.

Punkt 1 also (sagen wir Winterfreude) ist rasch absolviert, dann, schrittweise deutlich, tritt das Ziel der eifrigen Mittleren Ebene zutage: Harbin, das kühle, preisgünstige Einkaufsparadies. Der Besuch an der russischen Grenze verkümmert, wetterbedingt, zum Gang durch die Verkaufsstände des Harbiner Russenmarktes, wo auf Tischen und Brettern von chinesischen Subverkäufern zwischen Schapkas, Feuerzeugen und Fellstiefeln Elend und Glanz einer Epoche verscherbelt werden: Militärorden und Sowjetsterne, Briefmarken, auf denen der wegweisende Uljanow, der sanfte Gagarin zu sehen sind.

Der Besuch der Sehenswürdigkeiten der Stadt gerinnt zur Heimsuchung der großen Warenhäuser, eins prächtiger als das andere, mit Wäsche, Kleidern, Haushaltswaren vollgestopft, Käufer und Neugierige überall, aber in den Spielzeugabteilungen, vor den Elektronikständen drängen sie sich, um noch eine Überraschung fürs Fest zu ergattern.

Xiao Chong aber sucht ein Paar Schlittschuhe, Peking würde sie niemals so und so preiswert bieten können. Die Betreuer ermahnen jedermann, auf Geld und Wertsachen sorgfältig zu achten und bestimmen anderthalb Stunden für den individuellen Rundgang. Es muß viel verglichen und erwogen sein, ehe - der Lohn fällt spärlich aus im nichtproduktiven staatlichen Sektor - ein Kauf getätigt wird.

Bald fühlt sich LaoWai im Gewimmel allein gelassen, dann wieder nicht, wenn er örtliche Mitarbeiter der Öffentlichen Sicherheit zu erkennen glaubt, die ihm höflich zunicken oder den Weg zu einer weiteren Abteilung weisen. Mal erblickt er einen der Japaner, der sich ein viel zu großes Oberhemd an den Leib hält, lächelnd dankt und weiter hoffnungsvoll im Strom der kräftig gebauten Harbiner treibt. Mal sieht er den Kleinen Chong einen Schlittschuh in den Händen wiegen. Die Luft ist warm und stickig, aber ein Entrinnen gibt es nicht, die vorgegebene Zeit ist längst nicht herum, und an jedem der Ausgänge, scheint es LaoWai, ist ein aufmerksamer freundlicher Mann postiert, der bittet, sich nicht zu entfernen, ehe sich all die verehrten, hoffentlich nicht verirrten Gäste eingefunden haben.

Zum nächsten Ziel jedoch, zu dem sie der Kleinbus fährt, treibt LaoWai Neugier, wiewohl es wieder ein Einkaufsmarkt ist: der einstige Zufluchtort für die mit der wahren Lehre ausgestatteten Gerechten und Gleichen, gebaut nach der Devise: *Tiefe Tunnel graben, den Krieg vorbereiten, alles für das Volk!* Mehretagig unter der Erde, dickbetoniert, liegt das Labyrinth quirlender Geschäftigkeit, ein bedeutender, jedenfalls der geräumigste Tempel der neuen Gottheit. Das mußte einfach angeschaut sein, auch wenn LaoWai keineswegs beabsichtigte, nun in der Tiefe vor dem *Gott des Reich-*

tums zwischen Stoffballen und Teppichen in die Knie zu gehen. Besser Basar als Kellergruft des Kalten Krieges, denkt er. Dann hat er nur noch einen Wunsch: Schluß mit dem Kommerz!

Eine winzige Busfahrt, zwei Kehren, bei denen hinter niedrigen Häusern die Zwiebelkuppeln einer orthodoxen Kirche auftauchen, da stehen sie wieder vor einem Kaufhaus. LaoWai beschließt, die ihm auferlegte Spezialführung abzubrechen und lieber ein Stück des alten Harbin zu suchen, wo einmal, nach Revolution und Bürgerkrieg, hundertfünfzigtausend Russen für Jahrzehnte eine allseitig ungeliebte Zuflucht gefunden hatten, rund dreißig Zwiebelturmkirchen erinnern daran. Aber die fürsorglichen Begleiter weisen, heftig wie Verkehrspolizisten mit den Armen rudernd, auf das neue *Shopping Centre*. LaoWai schert entgegengesetzt aus, er werde schon zurückfinden und in anderthalb Stunden an Ort und Stelle sein, rutscht mehr halsbrecherisch als forsch über den spiegelblanken Asphalt. Schaut sich nicht um, aber spürt im Nacken, wie die Kader ihm nachstarren. Jetzt gewiß blicken sie sich ratlos an - sie haben doch alles gut gemeint und gründlich bedacht. Nun reden sie heftig auf den armen Chong ein, er solle sich gefälligst um seinen Deutschen kümmern. Hochroten Kopfes kommt er herangeschlittert und fragt LaoWai, wohin er so plötzlich aufzubrechen gedenke.

„Hast du nicht die drei großen Zwiebeln gesehen?" - „In dieser Seitenstraße gibt es keine Zwiebeln", erklärt der Kleine Chong, „es ist eine Gasse für Holz, Glas und Baustoffe". - „Zwiebeltürme, mein Lieber", sagt LaoWai, „eine Russische Kirche". - „Das ist sehr uninteressant", erläutert Xiao Chong, faßt seinen deutschen Kollegen aber unter den Arm, damit er nicht ausrutsche. Mehr gleitend als stapfend tappen sie an gestapelten Ziegeln vorüber, dann an Läden mit Dachpappe im Fenster, noch ein paar Schritte, und seitlich vor ihnen erhebt sich der gesuchte Sakralbau, leidlich erhalten, das Eisengitter davor weit geöffnet. Ein älterer Mann, Küster, Kastellan oder wer weiß was, tritt aus der Kirchentür. LaoWai spürt, wie dem Kleinen Chong jeder weitere Schritt schwerfällt, und nun soll er auch noch dolmetschen. Aber kann er, LaoWai, drauf verzichten?

„Sagen Sie, gibt es eine Gemeinde für die Kirche?" - Der Kleine Chong übersetzt die Antwort des Mannes: „Kirche? Wieso Kirche? Das ist das Holzlager unserer Genossenschaft." - „Seit wann?" fragt LaoWai. - „Ich weiß es nicht genau", antwortet der Alte, „ich glaube, schon immer!" - „Ich sagte doch", wiederholt sich Xiao Chong, „das ist sehr uninteressant".

Das denkt LaoWai nicht, doch den lapidaren Satz aus dem Munde des Kleinen Chong wird er, LaoWai, im kalten Harbin wohl noch oft zu hören bekommen und hofft nur, daß der ihm die köchelnde Verärgerung nicht anmerken wird. So ein dummer Streit: Über den Schlittschuhkauf würde sich doch reden lassen, vielleicht hat sie Xiao Chong auch schon in seinem Bündel.

Bei Tisch, wo man sich gewiß rasch versöhnen könnte, zumal die Speisen vorzüglich zubereitet sind, sitzen sie getrennt in zwei ungleich großen Gruppen - hier ausländische Gäste, hier chinesische Betreuer - , was LaoWai ganz und gar nicht gefällt. Dabei sind die japanischen Kollegen, wie nicht anders erwartet, sehr angenehme Reisegefährten, vielleicht abgesehen von einem jungen dynamischen Kettenraucher mit gestyltem Haar. Außerordentlich gefällt ihm ein versonnener Professor, der in seiner Heimat keine Anstellung findet. Manchmal läßt der aus wer weiß welchen Tiefen ein paar deutsche Vokabeln purzeln, einmal stimmte er sogar die *Lorelei* an. LaoWai revanchierte sich mit einem Haiku von Issa, leider nicht auf Japanisch. Doch heute sucht er die fernöstlichen Gefährten mit ein paar englischen, deutschen, ein paar chinesischen Brocken dafür zu erwärmen, gemeinsam auf eine Korrektur des Besuchsprogramms zu dringen. Die freundliche Runde, höflich in jedem Augenblick, ist nicht gegen eine Änderung der Agenda, wenn es die gewiß doch vorhandenen Pläne der Mittleren Ebene nicht störe. In dem Fall würde man sich gern anschließen und was? - Harbins Konfuziustempel? - besuchen. „Ja, gibt es den?" fragt der Kettenraucher. „Nicht jede Stadt hat einen!"

In der Mittagspause sucht LaoWai auch Xiao Chong zum Verbündeten zu machen, übersetzen müssen würde er den Vorschlag vom Ausländertisch ohnehin. „Konfuziustempel? Das ist sehr uninteressant!" - „Kennst du ihn?“, fragt LaoWai. - „Nein“, sagt der Kleine Chong, „aber wir haben in Peking auch einen“. - „Warst du mal drin?“ - „Nein“, sagt Xiao Chong treuherzig, „er ist sehr uninteressant“. -

Am späten Nachmittag, ein paar Schneeflocken fallen, der Himmel ganz grau, fährt die Reisegesellschaft zu einem weitläufigen Park. Hinter kräftigen alten Bäumen werden die vagen Umrisse eines eindrucksvollen Tempels sichtbar. Aber die Kette ist schon um das Eisentor gelegt.

„Schade, daß sich Ihr Wunsch nicht erfüllen läßt“, sagt die resolute Frau aus der Personalabteilung, „aber morgen nach dem Frühstück machen wir Exkursion südwestwärts Richtung Pingfang. Wir besuchen die 'Einheit 731'“.

„Es ist unser Auschwitz“, sagt der japanische Professor dem Deutschen.

Die zwei Eislöwen am Portal des Hotels, *Winterpflaumenblüte* aus Singapur, nach Flocken haschend, die kleinen Freuden, die Ärgernisse der Kühle, eines Tages wird LaoWai sie gänzlich vergessen haben. Und das übrige?

Das japanische KZ liegt außerhalb der Stadt hinter tief verschneiten Dörfern und Waldstücken. Wenn es nach den japanischen Sprengmeistern gegangen wäre, die 1945 hastig Lager und Labors in die Luft gejagt hatten und mit Dynamit sieben Jahre Geschichte aufgearbeitet glaubten, gäbe es einfach ein Loch in der Landschaft und nicht die Spur von einer bakteriologischen Forschungsanstalt! Das bekommt ihr nie heraus, was hier, je nach Lieferung, an Affen, Amerikanern, Chinesen, Mäusen, Mongolen, Ratten und Russen für den Tenno erforscht und ausprobiert wurde.

Überall auf der Welt entzieht sich der Logik der Sprengmeister, daß Steine beredt sind. Ach, Trümmerberg, auferstanden museal. Die kleine Reisegruppe geht die Tafeln und Vitrinen entlang. Verblichene Fotos, Protokolle, Ampullen und Zubehör, Geständnisse der überführten unteren Chargen, abgeurteilt in Chabarowsk. Die hohen Ränge, aus weißen Kitteln geschlüpft und rechtzeitig über alle Berge (und Wasser), verstanden es, ihr abgründiges Spezialwissen bei der wißbegierigen Konkurrenz zu deponieren und so den Kopf aus der Schlinge zu ziehen. Stille herrscht, nur die Museumsführerin mit dem Zeigestock ist vernehmbar und, um Sekunden zeitversetzt, das Echo in offenkundig brillantem Japanisch. Der stellvertretende Leiter der Japanabteilung des Verlages übersetzt selbst. Xiao Chong streikt. Die Kollegen aus Nippon tragen alles fleißig in kleine Notizbücher ein, akribisch wie stets. Und der kriegt den Mund nicht auf, der Kleine Chong. Der Krieg, der fast ein halbes Jahrhundert zurückliegt, interessiert ihn nicht, soll er es glauben? LaoWai zeigt schließlich auf ein paar verblichene Fotografien und bittet: „Was sind das für Leute?“ - „Partisanen, umzingelt, ausgehungert im Wald.“ - „Und was steht unter diesem Foto?“ - „‘Man hat ihn mit japanischem Schwert durchgehauen von oben bis unten. Im Magen war: Rinde und Moos.' Wirklich, es ist sehr uninteressant."

Stahlblauer Himmel, bedrückend die Fahrt nach Harbin zurück. Wind aus Nordwest hat die Temperatur noch abgesenkt. Im Zentrum gibt es einen letzten Stop zum Einkauf. Treffpunkt ist die *Bank of China*, und zwar die Vorhalle, „dort wird gut geheizt". Bald schon, mit kältegeröteten Gesichtern, finden sich die meisten im unerwartet eleganten Foyer ein. Auch der Kleine Chong tritt in die Halle, hebt stolz ein Paar Schlittschuhe in die Höhe.

LaoWai knöpft die Thermojacke auf und sucht das geschäftige Treiben, die leidenschaftslose Arbeitsroutine zu verstehen. Plötzlich drängt ein junger Mensch von den Schaltern her durch den Saal, sucht sich von einem kräftigen Mann loszureißen, der ihn fest am Ärmel gepackt hat, aber nun blitzschnell eine Pistole zieht und mit ihr auf den Flüchtenden einschlägt. Alle weichen einen Schritt zurück. LaoWai will schreien, steht gelähmt. Und so jeder. Ein Räuber oder Taschendieb und sein Verfolger? Die kräftige Tür wird aufgerissen. LaoWai weiß nicht, was geschieht, starr wie alle. „What a barbarous nation!" sagt der dynamische Japaner.

Sekunden später kehrt die murmelnde Geschäftigkeit ins Foyer zurück, als hätte kein Mensch einem anderen eine Pistole auf den Kopf geschlagen.

(Januar 1993)

Frau Liu

Frau Liu ist ein nicht mehr junges, aber hübsches Persönchen. Das ist der erste Eindruck. Ein wenig später weiß LaoWai: Frau Liu ist eine strenge, entbehrungsgewohnte energische Frau, von allen die wachsamste. Es prägt für ein Leben, denkt LaoWai, wenn man in einem Flügel des Hotels einquartiert oder kaserniert war, um die Schriften des Großen Steuermanns ins Deutsche zu übersetzen, unbeugsam und zuverlässig zwischen den Kampfversammlungen. War auch erst fünfundzwanzig Jahre her.

In der Frühstückspause geht LaoWai heute leise durch die große Speisehalle, um an der kleinen Theke eine Tasse Kaffee zu trinken. Für die chinesischen Mitarbeiter ist Vollversammlung, eine ganz ruhige: statt eines Redners aus Fleisch und Blut schnurrt am Präsidiumstisch ein Tonband ab. Im Vorübergehen sieht LaoWai: Manche wachen, andere dösen, eine junge Frau strickt an einem Mützchen, Frau Liu macht sich Notizen. Solch spannende Informationsversammlung kennt er aus der alten Heimat.

„Sie waren ja richtig fleißig“, sagt LaoWai, als Frau Liu mittags in das Redaktionszimmer zurückkehrt. „Gibt's was Neues?“ - „Wozu wollen Sie das wissen?“ fragt Frau Liu. - Was soll er nun antworten, da er das Neue aus der Speisehalle wirklich nicht wissen muß.

Die Arbeit geht wie sie geht. Wenn gestritten sein muß, streitet LaoWai. Aber lohnt es, sich um den *Kaiserkanal* zu raufen, mit dessen Bau vor zweieinhalb Jahrtausenden begonnen wurde? Darüber, daß er Süd und Nord verbindet, gibt es keinen Streit mit Frau Liu. Unter Kubilai Khan wurde diese Wasserstraße bis zur Hauptstadt Kambaluk geführt, wie Peking damals hieß, auch darüber herrscht Einvernehmen. Aber daß der *Kaiserkanal* **durch** Peking fließt, will LaoWai für die Neuauflage des Handbuches so nicht stehen lassen, bietet, mit Hinweis auf den Atlas, einen Kompromiß an: „Schließlich berührt der *Große Kanal* die südlichen Außenbezirke der Hauptstadt“. Frau Liu lehnt das rundweg ab. So lädt LaoWai die stellvertretende Chefin zu einer sonntäglichen Radtour ein, um zu erkunden, wo der *Kaiserkanal* durch Peking führe. Verspricht auch, genügend Proviant mitzunehmen, man wird hungrig werden. „Diese Erkundung ist nicht nötig“, sagt Frau Liu, „wir haben das schon immer so geschrieben“. -

LaoWai hatte in seiner okzidentalen Unvernunft einfach nicht bedacht, daß in China **das schon immer so Geschriebene** durch Alter sakrosankt, jedenfalls gewisser als die Wirklichkeit war.

(1992)

Eingabe an die großen Erfinder

Die Ihr uns Seide gabt zu Glück und Leide,
aus heißem Sud gefischt zum Festtagskleide -
Daß Ihr uns fürderhin damit verschont!
Die Seidenbanner wehn für Bonzen und Lemuren,
zerschlißne Seide hüllt die Tagediebe, Huren.
Die Seide nehmt, es hat sich nicht gelohnt.

Die Ihr die Kompaßnadel habt gerichtet,
daß nach der Nacht ein jeder Heimat sichtet -
die Nadel zeigt nicht an, was sie verspricht.
Der Weg durch wüstes Land ist ohne Ende,
Erleuchtung nirgend, aber ringsum Brände.
Die Kompaßnadel nehmt, es lohnt sich nicht.

Ihr, die Ihr warntet uns in morschen Mauern,
daß wir den Groll der Götter überdauern -
den Seismographen, nehmt ihn Euch zurück.
Es ist nicht, daß wir nicht gewarnt sein wollen,
Doch sind es keine Götter, die uns grollen.
Die Erde bebt in jedem Augenblick.

Es gleißt das Porzellan. Ihr habt's gegeben,
daß wir die Schale Wein zum Trunk erheben -
Wir trinken Wasser aus der hohlen Hand.
Nehmt hin das Porzellan. Was ist zu erben
als neue Scherben zu den alten Scherben?
Vergänglich ist die Pracht, sie hält nicht stand.

Die Ihr Papier uns gabt in alten Zeiten,
daß wir die Wahrheit wie die Saat verbreiten -
Es ist vertan. Das wahre Wort ist rar.
Auf weißen Bogen stehn die schwarzen Lügen.
Die Flut schwillt an. Wir werden unterliegen.
Nehmt das Papier, das uns so dienstbar war.

*

Laßt uns die Seide, gebt sie her in Fülle,
daß derbe Schönheit sich in feine Schönheit hülle.

Der Kompaß bleibe fest in unsrer Hand,
daß wir uns finden hinter Land und Land.

Lauscht auf das ferne Beben. Was soll sein?
Die Völker tanzen, wenn sie sich befrein.

Die weiße Schale hebt. Und Mund an Munde!
Trinkt furchtlos, Freunde, heut und diese Stunde.

Das Große nur nennt groß und klein ein Kleines.
Und nehmt ein neues Blatt, ein blütenreines.

(1978)

Grüne Gaze

Für Wolfgang Schaub

Mit einer buntgewürfelten Reisegesellschaft war LaoWai in der Inneren Mongolei unterwegs, in der grünen Stadt Hohhot war noch der *Fünf-Pagoden-Tempel* mit den tausendsechshundert Buddha-Reliefs, mit Löwen, Tigern, Schildkröten und dem Garuda des indischen Gottes Vishnu besichtigt worden, in wenigen Minuten sollte sie der Bus zum Bahnhof bringen, heim nach Peking - aber es geht LaoWai plötzlich ein Gedicht von Du Fu durch den Kopf:

Die Julihitze heute ist nicht zu ertragen.
Kein Wunder, daß mir keine Speise richtig schmeckt.
Nachts ist es der Skorpion, der aus dem Schlaf mich weckt.
Wie werden mich im späten Herbst die Käfer plagen.

Da macht mich wild mein Amt, könnt mir die Haare raufen,
türmt sich zu Bergen von Papier das Aktenzeug.
Wo sich die Fichte über enge Schluchten beugt,
ja übers blanke Eis wollt ich mit nackten Sohlen laufen!

Skorpion und *Käfer*, so genau sagt das ein Dichter der Tang-Zeit nicht, denkt er. Aber als LaoWai selber noch im Amte saß, im kleinsten Archiv der großen

Akademie gemartert von Papier, wollte er bei seiner Übersetzung Insekt oder Kerf nicht gelten lassen, doch in der Lust des Entdeckens faszinierte ihn damals die Verfluchung der folgenreichsten Erfindung der Chinesen, er erinnerte sich genau. Möglicherweise meinte Du Fu einfach Mücken, warum sollte es den Klassikern eine Spur besser gegangen sein als uns Heutigen -

Im rechten Augenblick ermahnt, läuft LaoWai unter der schläfrig machenden Nachmittagsonne hellwach und hilflos an Ständen und Auslagen entlang, sucht nach Gaze. Er weiß nicht, was Gaze auf Chinesisch, gar auf Mongolisch heißt, aber jetzt braucht er sie für bald. Heiß werden Pekings Tage sein - wenn er sich von den Nächten auch ein wenig Linderung erhofft, da ein Lufthauch von Nord nach Süd durch die weit geöffneten großen Fenstertüren der Wohnung fächelt, ohne daß sich Moskitos dutzendweis auf ihn stürzen. Gaze muß schleunigst her.

Aber LaoWai weiß nicht, was Gaze auf Mongolisch heißt. Auf brennender Sohle hastet er den Straßenbazar entlang. Wo anders als jetzt und hier im sonntäglichen Treiben soll und wird er Gaze gegen die Pekinger Mücken finden müssen, und sieht, als er beinahe kehrtmachen will, in einem obskuren Büdchen tatsächlich einen straff gerollten Ballen leuchtend grüner Gaze liegen.

„Wieviel?“ fragt die Frau hinter dem Tisch auf Chinesisch. - „Na, fünf, sechs Quadratmeter vielleicht, nur bitte, rasch ein wenig...“ - Aber die erfahrene Verkäuferin weiß, was sie sich schuldig ist, sucht umständlich aus den Schüben eine hölzerne Elle, hernach mißt sie und mißt, stöbert dann nach einer alten Schneiderschere, trennt sorgfältig das Gewünschte vom Ballen, greift zum Abakus, schiebt die Kugeln zurecht, nennt schließlich einen Preis und zeigt ihn auch noch mit den Fingern - LaoWai feilscht nicht, will kein Wechselgeld raus, aber da hilft nichts, will keine Verpackung, kein kunstvoll geknotetes Schleifchen, reißt am Ende seine Gaze der verstörten Frau aus der Hand und jagt, schnell atemlos, durch das gemächliche Gewimmel der Käufer und Verkäufer, stürzt, in den Händen leuchtendes Grün, in den längst abfahrbereiten Bus, murmelt „Pardon!". Aber die strengen Blicke aus spanischen, englischen, deutschen, japanischen, französischen Augen, auf ihn gerichtet, sagten oder schienen doch zu sagen, tausendsechshundert Buddhas und das Reittier des indischen Gottes Vishnu könnten dich pardonieren - du aber kommst mit schnöder grüner Gaze ...

In Peking ist es nicht schwer, einen Arbeit suchenden Tischler oder Schreiner aufzutreiben. LaoWai sucht die Straßen auf, wo sie am Rand der Gehbahn erstaunlich ausdauernd auf ihren Fersen hocken und auf Kundschaft warten, ein kleines selbstbeschriftetes Pappschildchen oder doch wenigstens bekritzeltes Zeitungspapier vor sich, auf dem gewiß zu lesen ist: „Verstehe was von Holz!" - Das ist ja sehr schön, mein Lieber, daß du was davon verstehst, denkt LaoWai, aber ich suche einen, der es auch hat, Kantholz zu zwei stabilen Rahmen für die grüne Gaze aus der grünen Stadt Hohhot.

Die Nacht ist heiß und schwül, aber LaoWai darf die großen Flügelfenster nach Süd und nach Nord nicht öffnen, jedenfalls nicht ungestraft. Mondlicht zwängt sich in den Raum. Durch die Scheiben nur wenig gedämpft, schrillt der Ruf der Zikaden. LaoWai liegt auf einer Bambusmatte und ist gekränkt. Auf dem Weg zu dem alten Setzer, in dessen Setzkasten sich ein ä, ein ö, ein ü, ja sogar ein ß findet, hatte er in einer Seitengasse den Mann aufgetrieben, der, wenn auch nicht begeistert, die Rahmen zu bauen versprach. Er hatte die Sägearbeit mit seinem jüngeren Gehilfen für kurz unterbrochen, die Maße notiert und sich drei Tage ausbedungen. „Freitag um 12, genau hier!" Und war nicht gekommen am Freitag, auch am nächsten Montag und dem darauffolgenden Dienstag nicht. Nur letzte Späne in den Rillen zwischen den Steinen erinnerten daran, daß hier tatsächlich ein Straßentischler mit seinem Gehilfen gesägt und gewerkelt hat. Und weitergezogen ist mit dem Auftrag von LaoWai und mit dessen grüner Gaze. Das war schon ärgerlich genug.

Aber ein junger Mann aus Kassel, Hildesheim oder Offenbach, dem LaoWai, warum nur, sein Mißgeschick erzählt hat, hatte gefragt, ob er nicht wisse, wo der Verschwundene wohne, wie er denn heiße, und ob er sich nicht wenigstens eine Quittung für die Gaze habe geben lassen. Und LaoWai hat geantwortet, daß ihm das fern gelegen hätte. Mit Undenkbarem rechne er nicht. „Unterschleif bei einem Handwerker, das ist ganz unchinesisch, mein Lieber, und war mal, in den fünfziger Jahren jedenfalls, völlig ausgeschlossen!“ Und ergänzt, wie er in das erfrierende Gesicht blickt: „Ich habe während zweier Jahre keinen Räuber und keinen Taschendieb erlebt. Auch von keinem gehört! - in jenem anderen Land, das es irgendwo zwischen Revolution und Kulturrevolution gegeben hat... Damals habe ich zwei Jahre lang meine Wohnungstür nicht ein einziges Mal verschlossen!“ - Heftig hat der Mann aus Kassel, Hildesheim oder Offenbach den Kopf geschüttelt, hat dann aber nichts weiter gesagt und nachsichtig gelächelt.

Was du gesehen hast, die elanvolle glückliche Stunde des Volkes, da die Laster zu schlafen schienen, sie glauben sie dir nicht in Kassel, Hildesheim und Offenbach. Sie glauben dir dein Leben nicht. Fängst gar schon selber an, es zu bezweifeln. Liegst splitternackt auf einer Bambusmatte.

Das unerträgliche nächtliche Zimmer, in das der Mond sich zwängt, angefüllt mit dem schrillen Schrei der Zikaden, ist plötzlich stickiges Verlies, Lügenturm, in den du gesperrt bist, nicht der Erste und der Letzte nicht. Hast Glück, daß dich kein Eisengitter verschließt. Aber atmen kannst du nicht, kannst auch das Fenster nicht aufreißen. Es fehlt dir ein Fetzen grüner Gaze.

Die Aussicht

Zu dem Unverlierbaren, das LaoWai mit sich zu tragen glaubt, zählt er Augenblicke. Vor allem erstaunem ihn die Augen der Jungen. Schauen so zutraulich in die Zeit. Geschlossen gar sehen sie Schimmer künftigen Glanzes. Die meisten jedenfalls und zumeist.

Und dann öffnen wir ihnen die Augen. Wie schön wir das machen, in den Familien, Schulen, Fabriken, Kasernen. Es ist einfach nicht mit anzusehen, wie unbedarft sie ohne unsern Rat ins Leben hinausstolpern, die billige Zigarette flüchtig zwischen den Lippen.

Wang Ouya raucht nicht, hatte dessen Vater beiläufig erwähnt, als ob ihn, LaoWai, das irgendetwas anginge. Muß ein Junge wie aus dem Bilderbuch sein.

Die Eltern, LaoWai hatte sie auf einer Terrakotta-Ausstellung kennengelernt, besuchen ihn heute, um ganz in Ruhe über Tang-Gedichte zu sprechen und über die besonderen Umstände, die solch eine Blütezeit für Wissenschaft und Poesie ermöglichten. Freut sich überschwänglich. Hat beim französischen Bäcker Schokoladentorte gekauft. Wie oft trifft man schon auf Enthusiasten.

Der Vater, Mittvierziger, ein einflußreicher Mann, hat einen einträglichen Job im Patentwesen, die etwas jüngere zierliche Frau steht kurz vor der Professur, für Alte Geschichte. Leute, die das Leben zu nehmen verstehen. LaoWai hat sie auch schon mal in der hübschen Drei-Zimmer-Wohnung besucht, so viel Gunst findet sich nicht oft, Altneubau in gutem Zustand, Bad, den Balkon nach Süden mit Blick auf den *Park des Mondaltars*. Unübersehbar das Klavier. Zwei kleine, kostbare Spezialbibliotheken mit einer erklecklichen Zahl auch europäischer Bücher weisen die Wangs als gebildete Leute aus. Der subtile Name des Jungen könnte programmatisch sein: Gut, den Familiennamen *Wang*, was König heißt, tragen viele. Aber was sich die Eltern als Vornamen für den Sproß ausgedacht haben - das erste Schriftzeichen von Europa *(ou)* verbunden mit dem ersten von Asien *(ya)* - weist auf Horizont.

Als Familie Wang in LaoWais Hotelwohnung tritt, angemeldet von den parterre Diensthabenden, überreichen sie einen eine Spur zu großen Beutel mit Mandarinen und Bananen als Geschenk, zudem ein erlesenes Getränk aus der Heimatprovinz des Ingenieurs - die braungetönte kürbisartige Flasche mit der schwarz auf rot getuschten Aufschrift verrät „Wein aus dem Anwesen der Familie Kong“. Aber die Familie Wang zeigt heute keine Lust, in die Tang-Zeit einzudringen, und statt von Li Bai, Du Fu oder Bo Juyi ist ausführlich von Ouya die Rede. „Der Junge soll raus“, sagt der Vater, „sich mal umtun in der Welt, wenn ein ordentlicher Journalist aus ihm werden soll. Hat das Aussicht? Machen Sie Wang

Ouya ein bißchen Mut, ich bitte Sie darum. Hat einen erfreulichen Schulabschluß so gut wie in der Tasche. An einer erstklassigen Beurteilung wird's nicht fehlen. Wär' vielleicht nicht verkehrt, auch ein bißchen Deutsch zu lernen, sein Englisch klingt passabel, na, Sie werden ja hören".

„Ouya spielt Piano, klassisch und modern", wirft schüchtern die Historikerin ein.

Schließlich kreuzt der Sohn auf, herbeigeeilt aus einem Stilistikkurs, den ihm der Vater auferlegt hat. Im Türrahmen steht also *König Eurasien*, in blitzsauberem Hemd und modisch anliegender Hose, freundlich, adrett, wie aus dem Ei gepellt, für einen Augenblick etwas verlegen. Und während LaoWai noch über die leuchtenden Augen des Jungen nachdenkt, fragt der unverwandt, als habe er das vorausgegangene Gespräch verfolgt: „Please, tell me, shall I study journalism?" Korrigiert sich sogleich: „Should I?" Der Vater zieht die Stirn kraus, nachsichtig lächelt die Mutter, der Sohn läßt LaoWai nicht aus dem Blick.

Bei aller Liebe zur Tang-Dichtung, den Jungen darfst du nicht enttäuschen, schießt es LaoWai durch den Kopf. Aber was verstehst du vom hiesigen Journalismus? Ist nicht der eigene eine einzige Crux! Holt tief Luft und sagt: „Die Welt ist im allgemeinen nicht auf Wahrheit aus, jedenfalls nicht ungefilterter. Wenn man jedoch nach dem Studium weniger sieht als zu sehen ist, sollte man nicht studieren".

Kalt schaut Vater Wang in die Runde, erschrocken die Mutter. „Wie meinen Sie das?" fragt Wang Ouya.

„In meinem Land", sagt LaoWai, „ist Journalist, merkwürdigerweise, ein begehrter Beruf, oder war es jedenfalls. Hatten im Land ein einziges Universitätsinstitut für künftige Reporter und Redakteure, Bewerber dutzendweis für jeden Studienplatz. Aber eine eher beiläufige Erfahrung hat mich denn doch bestimmt, meinem Sohn einfach abzuraten".

Ingenieur Wang rutscht unruhig in seinem Sessel, aber LaoWai läßt sich nicht stören und, zum Jungen gewandt, erzählt er, daß sie im Herzen der Hauptstadt einen Turm gebaut hätten, gewiß nicht kleiner als der von Babel, hätten ihn sogar vollendet, daß er die ganze Silhouette der dazumal geteilten und zugemauerten Stadt ziemlich ramponierte. Aber am Tage vor der feierlichen Eröffnung hätte der hauptstädtische Bürgermeister die führenden Journalisten des Landes zu einem großen Eisbecher mit Früchten auf die erhabene Plattform des Turms gebeten - und all die Meinungsmacher mit den berühmten Namen ließen den Becher nicht vorübergehen. Und das hauptstädtische Oberhaupt begrüßte, und ein Chefingenieur sprach von Höhe und Tiefe und von extraordinärem Stahl und Beton, und dreihundertfünfundsechzig Meter seien keine Kleinigkeit, und ein gehobener Oberpostrat murmelte noch was über Blitzgespräche und ideale Fernsehprogamme - und die führenden Journalisten von den hauptstädtischen Blättern notierten pflichtschuldig oder stellten ihre zierlichen Diktiergeräte einfach auf *Dauer*, blickten immer wieder einmal von der langsam rotierenden Drehscheibe aus durch das splittersichere Glas auf die zerschnittene Stadt und löffelten ihren Eispokal leer.

„Und ich dachte“, sagte LaoWai, „wenn der Turm nun freigegeben werde, könnte das ganze demokratisch-republikanische Volk Lust verspüren, zur Pforte drängen und wegen der Aussicht hoch hinaus wollen und so Tag um Tag bis der Vorletzte oben war - das wirst du dir erst einmal ersparen und wirst nachlesen, was die Persönlichkeiten der Pressezunft höchstselbst in Augenschein genommen haben, und kaufte anderntags alle greifbaren Blätter.

Und siehe: das Oberhaupt hatte begrüßt, das Eis mit Früchten war vorzüglich, die Scheiben rundum waren glasklar, der gehobene Postrat hatte Visionen von idealen Programmen. Am besten kam der Chefingenieur heraus mit seinem extraordinären Stahl und Beton, exakt und genau in Tiefe und Höhe (365 Meter!). Und nicht etwa, wie Sie vielleicht denken, ein abgefeimter Einheitsbericht, alles die selbe Sauce, nein, liebe Familie Wang, dafür geben sich führende Meinungsmacher und Kommentatoren unter keinen Umständen her. Einer, wenn ich mich recht erinnere, hat von hoch oben das berühmte Rathaus von Pankow gesehen, das liegt im Norden von Berlin, und einer, vergleichsweise dicht dabei, sah den alten Wasserturm am Ende der Straßburger Straße, wo er als Kind mal der lieben Käthe Kollwitz einen schönen *Guten Tag* entboten hat, und sie sei ganz reizend zu Kindern gewesen, und der Repräsentant des christsozialistischen

Blattes hat, dem Himmel so nahe, die Reparaturleistungen des Staates auf einem ehedem löchrigen Kirchendach bewundert, aber auch strikt im Osten der Bärenfelsen des Tierparks, blieb, wenn mich mein Gedächtnis nicht trügt, keineswegs unentdeckt, und eine liberale Lady sah im Südosten sogar den Müggelsee aufgischten - und nicht eine Dame und nicht einer der auserwählten Herren hat, was doch greifbar zu Füßen des Turmes liegt, West-Berlin gesehen ..."

Was aus König Eurasien wird oder geworden ist, weiß LaoWai nicht. Die fragenden Augen versprachen einiges. Das Gespräch über die Tang-Dichtung hat nicht stattgefunden. LaoWai hat keine Ahnung, wie es vor mehr als einem Jahrtausend zu der nie mehr erreichten Vielfalt und Schönheit kommen konnte. Die französische Schokoladentorte blieb unberührt.

Fu - das Glück

Fu heißt Glück. Es stellt sich nicht ein, wenn du rufst. Es läßt sich auch nicht planen, aber das weiß die Hohe Leitung nicht. Sie hat sich nach der anstrengenden Busreise auf einsam werdender Straße nochmals zur Beratung zurückgezogen, um die Exkursion in das berühmte Naturschutzreservat der Provinz Shanxi zum schönsten Erfolg zu führen. Was es da noch zu beraten gibt, denkt LaoWai. Für das Nötige ist gesorgt. Das einfache, kräftige Abendessen war eingenommen, die karge Unterkunft bezogen. Umständlich hatten sich die Gastgeber für die behelfsmäßige Bleibe entschuldigt, ein jeder solle in zwei Jahren wiederkehren, wenn sich alles zum Bessren gewendet habe.

Für Enthusiasten wird noch das Lehrkabinett aufgeschlossen, wo ausgestopfte Vögel, aber auch ein Wildschwein, ein paar Stücke Rehwild, Marder, Fuchs und ein Panther vor sich hinstauben. Eine Einführung in das bevorstehende Abenteuer ist nicht vorgesehen, aber auf das äußerst seltene *Crossoptilon mantchuricum*, den *Braunen Ohrfasan*, den sie hier *Braunen Pferdeschwanzfasan* nennen, weist die junge Frau mit dem Schlüsselbund in der Hand doch hin. LaoWai blickt flüchtig über den Balg des stattlichen graubraunen Vogels mit den hellen, steif nach oben gerichteten Ohrbüscheln und den trübweißen kräftigen Schwanzfedern, tritt aus dem muffigen Gelaß, das irgendwie ein Gruselkabinett ist. Und während ringsum von Bergen und Bäumen die Konturen undeutlich werden, schwärmen nun die Betreuer aus, um in Japanisch und Hindi, in Englisch, Französisch und Deutsch zu erläutern, wann und wie die Hohe Leitung alle zum Frühstück erwarte. Von festem Schuhwerk ist nicht die Rede.

Nun sieht LaoWai, der junge Inder mit den leuchtend schwarzen Augen legt den Arm um sein schlankes Weib, eine bezaubernde Tänzerin aus Kalkutta, jeder hat sie beim letzten Betriebsfest bewundert. Das Söhnchen Siddhartha aber, das Glanzstück der Familie, umspringt die Umstehenden, er hat keine Lust schlafen zu gehen. Erste Sterne blinken auf, es duftet kräftig nach Waldwiese, der irre, lautlose Flug zahlloser Fledermäuse verspricht eine milde Sommernacht. Irgendwo muß es Felshöhlen oder alte Gemäuer geben. „Fledermäuse bringen Glück", sagt der hinzutretende Betriebsdirektor seinen ausländischen Mitarbeitern, „ist doch schon im Klang ihres Namens ein *Fu* vernehmbar -"

Glückliches Geschöpf, denkt LaoWai, das sein Name vor Schmähung und Verfolgung bewahrt. Und ihm fallen die alten Rollbilder ein - Fledermäuse umflattern den Einsiedler und Weisen. Geht ins Haus, entzündet eine Kerze, legt sich aufs harte Lager und freut sich, der Stadt

Datong entflohen zu sein, die, wäre sie ihres Schmutzhimmels nicht gänzlich gewohnt, unentwegt ächzen und stöhnen müßte.

Es ist ganz still im Haus, kein Radio, kein Fernseher läuft, in dieser Abgeschiedenheit haben sie kein Elektrisch. LaoWai kann lange nicht einschlafen - morgen besuchen wir dich, *Crossoptilon mantschuricum*, mal sehen, ob du *Ohrfasan* oder *Pferdeschwanzfasan* bist. So ein einheimisches Frühstück mit Reisschleimsuppe, hartgekochtem Ei und etwas Salzgemüse ist nicht jedermanns Geschmack, aber Hilton besitzt noch keine Niederlassung im Reservat. Wie sich alle zum Aufbruch sammeln, fährt ein wendiger japanischer Kleinbus vor. Cola- und Bierbüchsen werden geladen, auch Saftflaschen für die erwartungsvoll in den Tag blickenden Kinder - die Leitung hat an alles gedacht.

In zügiger Fahrt geht es an Spuren der Zivilisation vorüber, ein kleines Gemüsebeet für irgendwen huscht vorbei, auch die Reste einer Ziegelbrennerei mit verfallenden Schloten. Üppiger, immer saftiger wird Almflora. Unversehens wird eine kleine Wanderung bachaufwärts vorgeschlagen und gern akzeptiert, zwischen Büschen und Bäumen windet sich das entgegenspringende Wasser, murmelt *mo, mo, mo*. Da quillt das Herz über, und das ganze Tal erfüllt ein Singen und Juchzen, voran die Kinder, unerwartetes Echo steigert alle Freude. Vergessen sind Reh und Hirsch und das so seltene *Crossoptilon mantschuricum*, die sich ohnehin nicht blicken lassen.

Nach einem Stündlein ist ein ansehnlicher Wasserfall erreicht, der über die Felsen springt. „Er ist nicht berühmt wegen seiner Tiefe, aber wegen der Gottheit, die hier lebt“, erklärt überraschend der Chef. Fröhlich erquicken sich die Exkursanten an der auf einem Seitenweg herangekarrten Cola und dem vorzüglichen Qingdao-Bier, und die Büchsen und Flaschen purzeln ergötzlich in die Wasserkaskaden, werden in der Tiefe aber von Wurzeln und kräftigem Gesträuch wieder eingefangen.

Verlorene Zeit aufzuholen, geht es nun mit dem Kleinbus vom Wasserfall zum *Buddha-Felsen*, vom *Alten Pavillon* zur *Jadegrotte* und so von Höhepunkt zu Höhepunkt - und jeder Autostop ist ein Fototermin: Ich war dabei, im Herzinnersten des berühmten Reservats!

Nach einer Wegbiegung ist für Sekunden eine erschrokkene Fasanenschar auszumachen, mit vier, fünf Jungen, die eiligst im dichten Buschwerk verschwinden - also doch *Brauner Pferdeschwanzfasan*, denn erinnerlich bleibt nur das runde buschige Spiel.

Letzter Busstop ist eine Orchideenwiese, der Garten Eden höchstselbst. Die Naturfreunde lassen sich auf keine Zeitvorgabe ein - tausend Blüten locken, nie gekannte Düfte betören die Sinne, Schmetterlinge und Libellen in den schönsten Farbkombinationen flattern und schwirren. Die Kinder tollen davon wie Kinder, nur Siddhartha hüpft bald schon mit einem leuchtenden Blumenstrauß herbei, den er der Mutter schenkt; der Vater kickt fröhlich eine leere Bierbüchse in den Busch. Eine junge Pakistanin in Pluderhosen, kaum sechzehn, wandelt feengleich über die Au, das seidige schwarze Haar mit einem Kranz lilafarbener Orchideen geschmückt.

Als ob dies gesegnete Stück Erde augenblicks den Bann der Konvention zu lösen vermöchte, fühlen jede und jeder sich um ein Beträchtliches verjüngt. Selbst der sonst um Autorität bemühte Leiter der Personalabteilung, ein Mann über die besten Jahre hinaus, springt jungenhaft heran, schon von weitem weist er seine Schätze - am Rücken der linken Hand vier wunderschöne Schmetterlinge, die Flügel fest zwischen den Fingern.

LaoWai schreit auf. Der gestrenge Personalchef lächelt verwirrt. Und *Fu* heißt Glück.

(1992)

Trank und Aussicht

Einer geliebten jungen Frau wegen, sie heißt Sylvaine, ihre Freunde rufen sie Sylvie, hat LaoWai unter dem chinesischen Himmel ein Stück Erde ausgesucht, wo sich Europa vergessen ließe mit seinen Arbeits- und Fürsorgeämtern nebst Musikräten, ein Weilchen wenigstens. Im südwärts rollenden Waggon mit ihnen im Abteil ist ein großer, hübscher und überaus beherrschter Mensch, Meisterschütze in Pistole aus Taiwan und nun zu seinem *Didi* unterwegs, dem jüngeren Bruder. War lange nicht in Shandong und fährt voller Neugier. LaoWai geht es ähnlich.

Sylvie ante portas - da ist ihm sogleich die Shandong-Halbinsel in den Sinn gekommen, war ihm doch Qingdao, früher Tsingtau geschrieben, in bester Erinnerung, vor ein paar Jahrzehnten noch eine mittelgroße Stadt auf sieben Hügeln und eigentlich wie aus dem lieben Mecklenburg geschnitten, mit Fachwerkhäusern und roten Ziegeldächern, die zweitürmige katholische Kirche inmitten. Aber denkt nicht, daß LaoWai jemals der Kaiserlichen deutschen Marine nachgetrauert hätte, wo noch immer mancher Krupp-Gruson-Gullideckel und seit 1904 Chinas älteste und tüchtigste Brauerei vom lieblichsten Erbe der Kolonialzeit zeugen, preußisch wie bayrisch, denn der bajuwarische Prinz Rupprecht hat hier auch schon inspiziert.

Selbst auf die neuen Firste legt Qingdao rote Ziegeldächer, inzwischen von der vorzüglich Bier erzeugenden Nation der Bayern beraten. Eine Stadt mit Charakter, und noch sind nicht, wie in LaoWais Dorf in Ostdeutschland, die Straßenumbenenner zu Gange, um peinlich wiederherzustellen, was zu Kaiser Wilhelms Zeiten gültig war: Qingdaos Straßen, zumeist nach chinesischen Städten und Landschaften benannt, hießen wieder *Bismarck-Straße, Hohenzollern-Straße, Kronprinzen-Straße, Prinzenallee, Wilhelm-Straße* und so fort, der Sun-Yatsen-Park hieße *Gouverneurshügel*. Zum krönenden Abschluß der Restauration könnte man das liebe *Germania*-Bier ausschenken.

Sylvie, wie schmal sie geworden ist, wird Qingdaos frisches Seeklima guttun. Auch braucht es Berge, wenn Sylvie sich wohlfühlen soll, womöglich inspirierte sie das nördlich der Stadt gelegene Lao-Gebirge zu einem Lied. Legt ihr nun aber eine Großstadt zu Füßen, die, sehr zu ihrem Gewinn, noch immer das beste aus Olims Zeiten macht. Sylvie zu erfreuen unternimmt LaoWai das Kurioseste - stört notfalls die schläfrigen Wächter im Haus des Kang Youwei[1] auf, führt das Mädchen in den Dom zur Hochzeitsmesse für ein junges Yuppie-Paar, im Schleier und ganz in Weiß die dralle Braut, in Schwarz der galante Bräutigam. Findet er kein *Pipa*-Konzert[2], auch keine Theateraufführung, läßt er sich im Park selbst einen Minizirkus nicht entgehen mit mehr Tieren als Besuchern, trotz großen Werbegeschreis - zwei Hündchen also, zwei schwarze Bären, eine Ziege, aber auch eine Tigerin, diese hinter einem lächerlichen Openairgitter, vollführen bescheidene Kunststücke, und Sylvie sitzt alles getreulich ab.

Im Osten der Stadt, zu Fuße der achtkantigen Stockwerkpagode, hat LaoWai für die Freundin lange auf einen Mönch gelauert, der zu abendlicher Stunde dem buddhistischen Kloster zustrebt. Unter Aufbietung aller dem Himmel zugewandten Wörter und Gesten erreicht er, daß sie durch die Pforte ins *Kloster auf dem Berge Zhan* eingelassen werden. Im Speiseraum, in den man sie führt, bis der Abt eine Entscheidung gefällt hat, treffen sie auf einen Mönch, der im Abendlicht hingebungsvoll den *Buddha der Barmherzigkeit*, Guanyin, auf Seide malt. Auch der Abt erweist sich als barmherzig, denn Sylvie und LaoWai werden ohne viel Federlesens voneinander getrennt und den drei Dutzend Mönchen, den sechs Nonnen zugeordnet, werden in der *Halle des Großen Helden* einbezogen ins Gebet von Anfang an. Nur ein Novize, sich ein paar Minuten verspätend, sieht verwundert, daß sein Platz in der Gebetsbank heute vergeben ist. Nach einer Stunde des Betens und Singens umschreiten sie in der nun fast dunklen Halle mehrfach den Altar, der selbstvergessene Sutrensingsang, die eintönige wie aufreizende Musik all der Schellen, Tempelblocks und Becken machen die junge Frau ganz fromm und still, was LaoWai nicht beabsichtigt hat.

Auch die Seeseite der Stadt beschäftigt Sylvie - Septembersonne meint es gut mit allen, die sich an der Taiping-Lu (*Straße der Großen Gerechtigkeit),* vormals *Kaiser-Wilhelm-Ufer*, tummeln. Meeresschätze, in Terpentin gelegt, zeigt das Museum in Strandnähe in beharrlicher, in vielen Jahrzehnten erprobter Langeweile, „Schätze des Meeres", die gleiche Fauna und Flora frisch, Schlangen und Schildkröten, Tintenfische und Meeresgräser in Glasvitrinen und Bottichen bietet unter Überdachung eine Straße kleiner Restaurationen, wo eifrige Serviererinnen, zuweilen auch Köche, die Feinschmecker an die Tische locken, die mundenden Gerichte zu Preisen, finster wie Tintenwurf.

Sylvie zieht es zum Wasser. Bald prescht sie mit kräftigen Schwimmstößen davon, schwimmt - wer denkt denn sowas - über die Begrenzung hinaus, womöglich bis zu der im Meer verankerten, von Booten angesteuerten Gaststätte, daß es LaoWai angst und bange wird. Was weiß sie von diesem Meer? Hinter dem Sperrnetz ist der Angriff eines Hais möglich. Nun kann er nichts machen, nur beten. Mit einer alten Schwarte von Schiffstagebuch aus dem Jahre 1911 will LaoWai sich ablenken, aber was Kapitän Bachgarten in seine Kladde eingetragen hat, ist nicht vergnüglich:

„Gewiß, Tsingtau ist recht nett angelegt. Nur passen die chinesischen Bürger nicht in diese deutsche Stadt. Dem Unparteiischen, der das gemischte Treiben des Volkes verfolgt - dieses Hand in Handgehen biederer Deutscher mit geriebenen Chinesen - drängt sich das Gefühl der Unnatürlichkeit auf." -

Wo bleibt nur das Mädchen? Endlich entdeckt er Sylvie im Licht der Nachmittagssonne, neben sich einen schmalen schwarzhaarigen Schutzengel, der wie sie das Wasser furcht und auch im feinen weißen Sand des Strandes nicht von ihrer Seite weicht, nichts sagt, nichts fragt, nur schaut und staunt. Ach, Sylvie.

Für das Lao-Gebirge, das sie unbedingt einmal überqueren wollten, bleibt nur ein Tag noch, Tag des *Mondfestes*[3], für den sich aber der betagte Professor Liu, womöglich Präsident der Freundschaftsgesellschaft Shandong-Bayern, die pünktliche Rückkehr erbeten hat. Die bereits in einer Büchse überreichten *Mondkuchen* sollen gespeist werden, und gemeinsam wollen sie in den aufgehenden Vollmond gucken.

Eigentlich zählt der Laoshan nicht zu den plagenreichen und gefährlichen Gebirgen. Mit den zwei Liften zu den unterhalb des Kamms gelegenen daoistischen Klöstern gehört es eher zu den wohlerschlossenen, also gefährdeten Regionen. Da werden sie sich selbst eine Route suchen mit genügend Raum für Entdeckung und Abenteuer. Kaufen sich alle erreichbaren Landkarten und Touristenfaltblätter und vergessen für einen Moment, daß in dieser Welt Landkarten Land in der Regel nur zu 81 Prozent zu zeigen, zu 19 Prozent zu verbergen haben, mal mehr, mal geringer. Jedenfalls fällt ihnen das nicht bei, als auf dem Blatt eine schwungvoll beginnende

Straße immer vagere Kontur annimmt, unterbrochene Strichelchen, die schließlich, dem Gipfel zu, ganz im Imaginären verschwinden. Aber genau das wäre der Weg für einen Tag mit heraufziehendem Vollmond: das hügelige Vorland umfahren, um von Westen her, Zeit gewinnend, so dicht wie möglich an den Kamm heranzukommen, vom Gipfel dann Land und Meer und Stadt glücklich zu überschauen, wenn der Himmel mitspielt, und gemächlich zur See hin abzusteigen. Auf der modernen Küstenstraße würde man schon irgendwie und schnell nach Qingdao zurückgelangen.

LaoWai kommt mit einem verwegen ausschauenden Taxifahrer ins Gespräch, dessen Gefährt für rauhe Straßenverhältnisse ramponiert genug erschien, zeigt dem Mann den mit Stricheln eingetragenen Weg, den der zu kennen vorgibt, fragt auch, ob er Zeit und Lust für eine Bergtour habe und vereinbart ein Fixum für die Fahrt zur Gipfelhöhe oder ein wenig drunter.

Bald schon spüren sie: Lieblich ist die Landschaft, üppig und saftig strecken sich die Wiesen und Gärten zu Füßen des Laoshan. Schwungvoll geht es mit dem klapprigen Auto voran, Dörfer gleiten vorüber, der Aufstieg, sozusagen von hinten, vollzieht sich mählich. Eine zu spät aufmerksam gewordene Dorfstreife, die ein Berggeld eintreiben will, sagen wir Kurtaxe, wird ausgetrickst. Irgendwo mäandert ein silbern leuchtendes Bächlein, an dem ein Unhold gemächlich einen Jeep wäscht. Dann wird es einsamer. Die sich windende Straße gewinnt in dem Maße an Steilheit, wie sie an Breite und Konsistenz verliert. Unüberhörbar sind die Flüche des Chauffeurs. Bei einem Schäfer versichert er sich nochmals des Weges. Der bleibt einsilbig, wiegt sein Haupt und murmelt: „Ja, ja, es geht wohl nicht".

Noch eine Biegung, und es liegen in unregelmäßigem Abstand kräftige Betongußteile als Untergrund, dazwischen Geröll, über das die Karre krachend springt. Immer wieder steigen der Wagenlenker und LaoWai aus und rollen ein paar Steine aus dem Weg. Das Kühlwasser kocht, der Fahrer wird wütend wie ein Fahrer, sucht den vereinbarten Preis zu verdoppeln, beschwört die unmittelbar bevorstehende Zerstörung des Taxis, für die LaoWai ab sofort aufzukommen habe.

An der folgenden Biegung, die dem Auto eine Chance zur Wende läßt, vielleicht die letzte, greifen sich Sylvie und LaoWai die obskuren Landkarten, stecken dem verdutzten Mann, aufgerundet, das Geld zu, und, über Betonschwellen springend, sehen sie zu, daß sie Höhe gewinnen. Durst macht sich rascher bemerkbar als Hunger, aber noch macht es Freude aufzusteigen und einzeln stehende Felsen mit tief eingegrabenen kalligraphischen Schriftzeichen zu betrachten. Was die wohl bedeuten mögen. Irgendwo in der Tiefe hüpft eine Klapperkarre über Geröll.

Da entdeckt Sylvie in Gipfelhöhe ein Haus, leuchtet weiß und verlockend in flimmernder Mittagshitze. „Auf!", sagt sie, „egal wer dort wohnt, du mußt ihn bitten, daß er uns was zu essen macht - und zu trinken!" - Rundheraus lehnt LaoWai ab. „Das ist des Landes nicht der Brauch", sagt er. „Im Gegenteil: Wenn uns jetzt wer grüßt: 'Na, schon gegessen?', gibt's auf gut Chinesisch nur eine Antwort: 'Ja, gegessen - und du?'" Aber Sylvie läßt das nicht gelten, o ahnungslose Jugend, und sagt, sich bescheidend: „Dort oben werden wir trinken und sehr weit sehen".

Mal verschwindet das Haus in einer Biegung hinter Felsen und mal hinter Laub, mal wieder taucht es auf, nun näher schon. Jetzt ein Glas des guten *Germania*-Biers, egal wie es heute heißt! Im Stillen nimmt LaoWai sich vor, nach einem Schluck heißen Wassers zu fragen, wird sich dafür in Ruhe noch ein paar höfliche Vokabeln ins Gedächtnis zurückrufen, denkt er, aber plötzlich stehen sie vor einem weit geöffneten Stahlgatter. Ein aus dem Dösen hochgeschreckter Wachsoldat, offenbar von der Marine, reißt sein Gewehr hoch, fängt an zu schimpfen: „Woher? Wohin? Was sucht ihr hier? Wißt ihr nicht?" und lauter solches Zeug, bis er sich ein wenig beruhigt, einen Moment hinhört und zur Kenntnis nimmt: hier handelt es sich um zwei offenbar unbewaffnete Weiße, einen radebrechenden schweißüberströmten alten Mann, eine ebenso verschwitzte schmale junge Frau. Er läßt das Gewehr sinken, zumal der Vorfall schon bemerkt ist und dreifache Verstärkung zum Tor eilt. Schon beginnt das Verhör des Postens. „Wie seid ihr hergekommen?" - „Mit dem Taxi", sagt LaoWai dem verdutzten Sergeanten. - „Wo kommt ihr her?“ - „Aus Beijing“, erklärt LaoWai, verbessert sich aber, „aus Qingdao“. - „Ich meine, aus welchem Land?“ - „*Cong deguo laide*“, sagt LaoWai, also Deutschland. - Das, komischerweise, beruhigt den Mann, denn er fragt, und das Gewehr ist schon ganz wieder über die Schulter gehängt: „Und was mache ich nun mit euch?“ - „Bitte sehr“, stammelt LaoWai, „wir müssen über den Kamm, um zur Uferstraße abzusteigen, der Professor von der Gesellschaft für Freundschaft erwartet uns bei Sonnenuntergang zum Mondfest“. Es schießt ihm durch den Kopf, der Marinewacht vorzuschlagen, daß sie ihnen für fünf Minuten auf dem Weg voran die Augen verbinden könnte, so würden alle Geheimnisse, falls vorhanden, gewahrt bleiben; aber solch schwierige Worte wollen sich nicht einstellen, und, dem Posten eine chinesische Visitenkarte in die Hand drückend, fügt er an: „Bitte fragen Sie den Kommandeur, ob wir durch den Hof gehen und zum Meer hin absteigen dürfen“. - Und tatsächlich, ein Matrose macht sich mit dem Kärtchen auf zu dem von Sylvie ersehnten weißen Haus. Um die Situation weiter zu entspannen, setzen sich die zwei nieder, hungrig, durstig, hoffnungsvoll. O Augenblick der Stille, ehe ein Befehl erteilt ist.

Wie das Telefon schrillt, wird der lockere Posten wieder straff, brüllt „Zu Befehl!“ in die Muschel. „Macht, daß ihr fortkommt!“ schreit er. - „Und wie bitte?“ - „Wie ihr gekommen seid, verstanden? Und keinen Schritt vom Wege ab!“

Adieu, weißes Haus am Rande der Zivilisation! Adieu, Freundschaftsprofessor! Gute Nacht, Mondfest! Vorwärts in die falsche Richtung! Und ab. Aber wie sie die öde Militärpiste wieder bergab trotten ohne Aussicht auf ein vor der Nacht erreichbares Ziel und durstig wie ausgedörrte Kamele, lockt schräg seitwärts plötzlich ein ziemlich steil abfallender Pfad oder Wildgang in ein üppig grünes Tal. „Da sollen sie mal suchen", sagt Sylvie und vergewissert sich mit einem Blick zum Gipfel. Das weiße Haus hinter Felsen ist kaum mehr zu ahnen.

Ringsum Bäume und Sträucher in voller Pracht. Je tiefer sie gelangen, desto mehr glauben sie durch ein Paradies zu laufen, packen sich bei den Händen, wenn der Weg schwierig zu werden droht, knien schließlich nieder an einem aufblitzenden Bach, trinken in tiefen Zügen das klare kalte Wasser. Ein Vogel ruft. Sylvie aber drängt zum Aufbruch. Fürchtet sie die Nacht in der Wildnis?

Sie folgen dem munter fließenden Wasser, das zuzeiten gewiß Sturzbach oder Fluß ist, die rundgewaschenen Steine ringsum verraten es. Dann machen Gneisgestein und Geröll den Weg anstrengend. Über gegeneinander verkeilte Felsbrocken und schroffe Brüche hinweg müssen sie mehrfach die Seiten des Flußbettes wechseln, verlieren an Tempo. Von See her ziehen Wolken herauf. Mühsam passieren LaoWai und das Mädchen einen verlassenen Steinbruch, auf Stangen gesteckte zerschlissene Jacken der letzten Schicht rekeln sich. Was wird sein, schießt es Sylvaine durch den Kopf, wenn der Mond ausbleibt und Hand und Fuß ins Vage tasten? Aber sie sagt es nicht. Mit dem Auge der erprobten Bergsteigerin sieht das Mädchen augenblicks die trittfesten Steine, auf die sie den Mann hinweist. Noch lacht er, sucht eigenwillig selbst einen Weg, stolpernd, der geschundene Leib bald schon in jenem Trott, in dem die Glieder nicht mehr schmerzen, abwärts.

Von diesem Wettlauf mit dem Tageslicht wird LaoWai nichts vergessen, das Sichtbare und das Unsichtbare nicht. Es wird ihn aufs Neue berühren, wie das Mädchen vor den wilden Früchten der unbekannten Sträucher gewarnt hat, aber was bedeutet das. In seiner Erinnerung wird immer auch jene graue Felswand auftauchen, auf der in metergroßen deutschen Buchstaben in den Stein geschlagen steht:

Nur Mut, mein Freund,
bist du erst oben,
wie wirst du Trank
und Aussicht loben!

Und LaoWai hört, über ein Jahrhundert hinweg, plötzlich die schneidende Stimme des Kommandeurs vom III. Seebataillon: „Mal herhörn, Marinesoldaten. Sonderauftrag zur Verschönerung der unserm Kaiserhaus hier im Schutzgebiet unterstellten Natur. Maurer und Steinmetzen, drei Schritt vortreten!“ - Ein Schöngeist.

Ein halbes Stündlein weiter, LaoWai wird sich auch daran erinnern, springt der Bach eine Wand herab, und eine tief gehöhlte Felsplatte staut das Wasser zu einem Becken. Und wieder deutsche Lettern in der Felswand:

Prinzenbad
1898 - 1912

- Ein Speichellecker.

Der Anwurf ist gerecht wie ungerecht, denkt LaoWai, denn das waren wir Deutschen immer: Schöngeister und Speichellecker im Dienst, überzeugte Leute, beflissen und brauchbar.

Plötzlich ein Salatbeet - die Menschenwelt rückt nahe. Dann begegnen sie einem Sattelschlepper, der mit den Granitblöcken Arbeiter heimwärts karrt. Die lachen und winken. Schon sind die zwei glänzend angemeldet im Dorf der Steinbrucharbeiter zu Füßen des Laoshan. Unter lustigster Anteilnahme von Frauen und Kindern werden sie in das weit und breit schönste Zimmer - halb Kaufmannsladen, halb Friseurstube - geleitet, wo sie sogleich mit Obstsaft und *Mantous*[4] bewirtet werden. Es kommt herbeigelaufen, es steckt seinen Kopf in die Tür, wer die seltsamen Bergwanderer beim Einzug in das Dorf verpaßt hatte oder wer rasch noch was einkaufen muß für die Mondnacht. Ein junger Arbeiter läßt sich einen Plastikbeutel mit Bier füllen, den er sorgsam auf seinem Motorrad verstaut. Für diesen Augenblick wünschte sich LaoWai die Wolkendecke fort. Auch hätte er gern gewußt, wie das Mädchen mit solch einem Tag zurechtkommt, an dem fast alles schiefgegangen ist. Die zieht plötzlich eine kleine Holzflöte aus ihrer Tasche und spielt eine nie gehörte Melodie.

Spät, unverzeihlich spät, denn der Professor hat ausgeharrt, treten LaoWai und das Mädchen in die Hotelhalle, stottern völlig unverständliche Entschuldigungen, erbitten ein paar Minuten, um sich den Staub abzuwaschen, verabreden sich für die Veranda. Der Professor schenkt Tee ein, Sylvaine bietet aus der Büchse die Mondkuchen an.

Es müßte viel gesagt werden, aber niemand kann es sprechen. Über das Gesicht des Professors, scheint es LaoWai, huscht Freude, daß sie heil zurück sind, und ein Tüttelchen Unwillen auch, und er holt tief Atem, wird was sagen wollen über eine Wiederbegegnung in Shandong oder Bayern oder über die Freundschaft, die unverbrüchliche. Da bricht die Wolkendecke auf, daß es rundum hell wird, und der Professor sagt, glücklich und aufgeregt in einem: „Grüezi. Ah, der Mond -"

(1992)

[1] Kang Youwei: Haupt der Reformbewegung von 1898.
[2] Pipa: lautenähnliches Musikinstrument mit vier Saiten.
[3] Mondfest: traditionelles chinesisches Fest, das, nach dem alten Bauernkalender gerechnet, auf den 15. Tag des 8. Monats fällt.
[4] Mantou: ein Dampfbrötchen, den Hefeklößen vergleichbar.

Akkomodation

Als Matteo Ricci, der Jesuit,
anno 1583
bedeckt
mit der Kutte
eines buddhistischen Mönches
in das Reich der Mitte
einzutreten begehrte,
scheiterte er am Mißtrauen
der Provinzbehörde.
Wenig später, angepaßt
an Sitte, Kleidung, Sprache,
war Ricci im Gewand
des konfuzianischen Gelehrten
willkommen
am Hofe der Ming.

Aber für mich
gibt es in dem
Land, in das ich nicht
einzutreten wünschte,
keine Chance
bei Hof.

Und doch
habe ich meine Schuhe
blankgerieben,
habe um den proletarischen
Hemdkragen
einen Schlips gezurrt.
Schon vermeide ich
das Wort Ausbeutung.
Morgen kaufe ich mir
einen kantigen
Yuppikoffer.
Und bewundere
den Jesuiten Matteo Ricci,
der beim Kaiser von China
Karriere machte.

(8. August 1991)

Speier

In China ist alles anders, keine Frage. Auch das Spucken oder Speien hat dort eigenen Wert. Das Böse will heraus aus dem Hals. Wer vermag aufzuhalten, was aus tiefstem Innern dringt? Spucken erlöst und befreit, in dieser trockenen Hitze allzumal, LaoWai regt sich da nicht auf. „Um gesund zu bleiben, trink' viel heißes Wasser!" raten die Ärzte der traditionellen chinesischen Medizin, ebenso der alte Dr. Pöschel in Peking: „Trinken Sie jetzt ein paar Literchen mehr. Sie wissen doch, eigentlich leben wir in Wüstenklima".

Nur wenn in Ämtern oder Ministerien in Englisch ein Schildchen mahnt:

Bitte speien Sie nicht auf den Fußboden.
Nutzen Sie den Spucknapf!

runzelt LaoWai die Stirn, denn die raren englischsprechenden Besucher erweisen sich als weniger bedrängt, trotz der Wüste. Aber die Hygieneapostel in den Stadtvierteln argumentieren streng und logisch, ausdauernd auch, mit der Zeit stellen sich bescheidene Erfolge ein. Spucknäpfe hier und dort. Denen wurde, volkstümlich, in den Jahrhunderten *Qin Gui*, der Name eines Hofbeamten, angehängt.

Fahr' nach Hangzhou, geh' vom *Westsee* nordwärts zum *Tempel des Yue Fei*. Dort hat der verräterische Kanzler Qin Gui sein bronzenes Mal; kniend hocken er, wie ebenso die Mitverschwörer, die mit ihren Verleumdungen bei Hof den edlen Yue Fei aus dem Weg geräumt haben: das Weib des Kanzlers und der ehrgeizige General Zhang Jun sowie ein Kerkermeister ohne Gnade. Sieh, wie die Besucher den Verleumdern ihre Verachtung ins Gesicht speien, heute und jeden Tag.

Wenn du dann, flankiert von steinernen Tigern, Schafen und Pferden sowie je drei Beamtenskulpturen den Weg zum *Grabmal des Yue Fei* gehst, grüble, wie und wann Leute bewundern oder verachten. Immerhin ist es mehr als 800 Jahre her, daß die *Goldene Horde*, mal grob plündernd, mal sich mit Tributen begnügend, stets schnell zu Pferde, über weite Teile des chinesischen Reiches ihre Oberherrschaft errichtet hatte. Da wichen die Song-Kaiser aus und verlegten ihre Hauptstadt notgedrungen nach Hangzhou.

Ein mehr als siebenhundert Jahre alter Tempel am Fuße der Berghänge, gut erhalten, weil aufwendig restauriert, ehrt postum den befähigten General Yue Fei, der auf Widerstand gegen die Eroberer gedrängt hat. Aber in geheimer Absprache mit dem Feind hatten Qin Gui und die Mitverschwörer das Land ausgeliefert. Da mußte Yue Fei in den Kerker und sterben.

Manchmal erinnert sich LaoWai des Tempels von Hangzhou, in dem es für patriotisch gilt, auf das bronzene Konterfei von Verleumdern und Speichelleckern zu spucken. Er bewundert vier klare Zeichen in der Schrift des Yue Fei, die über acht Jahrhunderte hinweg anmahnen: *Huan wo he shan!* - „Gebt mir meine Flüsse und Berge zurück!"

Eine Scheibe Ananas essend, fährt LaoWai der absurde Gedanke durch den Kopf, wie man in achthundert Jahren über jene urteilen mag, die, in geheimer, für sie vorteilhafter Übereinkunft, bedenkenlos unterschrieben, was viele kleine Leute von Haus und Hof vertrieb, Arbeiter und Ingenieure aus den Werkhallen, Gelehrte aus Labors und Universitäten. Vergessen schon. Wir sind keine Chinesen.

(1993)

Der Ticker

Für keine der sieben Rollen, die ein Mensch im Leben zu spielen hat, wird LaoWai sich bewerben müssen - bisher jedenfalls sind sie ihm alle, ob er gestöhnt, ob gelacht, einfach zugefallen. „Tue recht und scheue niemand", ist die eine Devise, nach der er sich richtet, „Dümmer wirst du nicht, also mach das Beste draus", die andere. Aber diesmal wird es nur eine Gastrolle sein, es ist nichts zu verderben, nichts Eigenes beizusteuern.

Warum die Hohe Leitung gerade auf ihn verfallen war? Wußte sie, daß vor langem ein bestimmtes Lied in sein Leben geraten ist, das ihn fröhlich und traurig gemacht hat, und das aus der Seele nicht mehr heraus kann oder will. Er hat es keinem Chinesen erzählt, daß und wie er das Lied zu ungewöhnlicher Stunde, es war ein Sommerabend anno 44, erstmals gehört hat, da war er fünfzehn. War als Schuljunge zum Schanzen in die Ostprovinz geschickt worden, um wenige Kilometer hinter Meseritz einen Wall auftürmen zu helfen, der für den heranstürmenden bolschewistischen Feind unüberwindlich bleiben müßte. Den ihm unbekannten Mann traf er auf dem Nachhauseweg ins Dorf, war so ein frivoler Vogel, der mitten in einem großbäuerlichen Weizenfeld ein zuvor nie gehörtes

Lied erst pfiff, dann sang. Lied, von dem der Sänger meinte, es sei französisch und man sollte es kennen. Während es von Ost wie fernes Gewitter grollte, aber Gewitter war das nicht, sang der über die duftenden Halme hinweg:

Es rettet uns kein höh'res Wesen,
kein Gott, kein Kaiser, noch Tribun.
Uns aus dem Elend zu erlösen,
können wir nur selber tun.

Sang's und schlug sich seitwärts in die bekannten Büsche. Ist das ein Grund? Ist es kein Grund?

Aber hier ging es augenscheinlich um kein Lied. Unter den vielhundert für die Verbreitung von sieben Weltsprachen zuständigen ausländischen Experten, die sich in Pekings Universitäten, Nachrichtenbüros, Sendern und Verlagen verdingt haben, erwischt es halt sieben. Sie sollen den Übersetzungen des in Arbeit befindlichen, noch streng geheimen Rechenschaftsberichts an den Parteitag der Kommunisten, in gebotener Eile die letzte Ölung des Muttersprachlers geben.

Im *Institut zur Erforschung der Werke von Marx, Engels, Lenin, Stalin und Mao Zedong* hat LaoWai ein stilles Zimmer bezogen, schneeweißes unbeschriebenes Papier in Fülle, gespitzte Stifte, Radiergummi, edler Hangzhou-Tee liegen bereit, an zwei Thermoskannen heißen Wassers, sogar an Zucker und Kaffeepulver ist gedacht, günstige Bedingungen, das Chinesisch der Partei ins adäquate deutsche Parteichinesisch zu übertragen. Die Arbeit geht vom Morgen bis in die Nacht, ohne Rücksicht auf Sonn- oder Feiertag, nur die Mittagspause im Hotel hat LaoWai sich ausbedungen.

Die Rohübersetzung leisten heftig diskutierende Kollektive chinesischer Germanisten, Universitätsdozenten oder Redakteure, zwölf gegen einen, denn unentwegt legen sie LaoWai die von ihnen übersetzten Seiten des kniffligen Textes zum Redigieren vor, möchten es möglichst ohne Fehler tun, jedenfalls ohne politischen. Das beschwört die Gefahr herauf, unverbindlich und fade zu übersetzen, und LaoWai hat es dann schwer, herauszukriegen, was der Redner des Eröffnungstages wirklich sagen will. Auch ist das Fertige noch längst nicht fertig, denn immer wieder sind Hinzufügungen einzubauen, zwischenzeitlich fallen die ursprünglichen Sprachungeheuer, von denen sich die beherzteren der Übersetzer bereits getrennt hatten, nach dem strengen Textvergleich der Oberübersetzer auf LaoWai wieder zurück. Da schätzt er doppelt eine mittägliche Unterbrechung.

LaoWai genießt es, vom Institut durch die engen Gassen dieses authentischen Stücks Altstadt zu fahren mit seinen verwinkelten grauen Häuschen und der verschwiegenen Dagoba. Nicht daß direkt jemand fragte, aber am Mittagstisch mit der Frau und den Freunden ist es ihm schon, als ob sie gern ein Zipfelchen der chinesischen Zukunft gelüftet wüßten, wie sie bald in der Zeitung stehen würde. Aber LaoWai, zu strengstem Schweigen verpflichtet, stochert in seiner Reisschüssel, murmelt nur unverständliches Zeug vor sich hin: „Im zeitigen Frühling, ihr wißt, war die Graue Eminenz auf Südreise, selbst redend. Ob die Katze weiß oder schwarz, ist wohl egal, wenn sie nur Mäuse fängt, alle weitere Hoffnung lasset fahren."

Und schluckt kauend runter, was durch seinen Kopf geht, sein Staunen über den ungetrübten ökonomischen Schwung, seine Ängste ob der kalkuliert aufklaffenden Schere zwischen Arm und Reich, seine Zweifel, was ihn lachen oder eher weinen macht: *daß man dem gesellschaftlichen Nutzeffekt hohen Wert beimessen und Literatur- und Kunstschaffende ermutigen müsse, geistige Produkte mit künstlerischer Anziehungskraft zu schaffen, die inhaltlich gesund und fortschrittsfördernd sind und vor allem die Reform und die Modernisierung besingen.* Na, da singt mal schön, denkt er, und kaut Bambusprossen.

Schließlich kommt der Tag, wo die von vielen zusammengerührte Speise feierlich ausgereicht wird. In einem Kleinbus, aus protokollarischen Gründen von ihren chinesischen Begleitern für die Anfahrt getrennt, wird LaoWai mit den anderen Sprachexperten plötzlich vor dem den Delegierten vorbehaltenen Haupteingang der *Halle des Volkes* abgesetzt. Da stehen sie nun, ein Russe, ein Japaner, eine Nordamerikanerin, ein Araber, ein Franzose, ein Spanier und der Deutsche, wohl aus Versehen hier ausgesetzt, jedenfalls nicht abgeholt, und gucken sich, es ist ja noch Zeit, den Einzug der Kader an: heitere und ernste Leute, viele Männer, einige Frauen dazwischen, was den patriarchalischen Charakter der Gesellschaft eher herausstellt als verwischt. Alte Weggefährten begrüßen sich nach langer Trennung. Besonders die Delegierten aus verschiedenen Völkerschaften ziehen in ihren exotisch anmutenden Festkleidern das Auge auf sich. Die Genossen klettern aus Bussen oder Limousinen, die alten Kämpen, für die es ein letzter großer Kongreß sein mag, werden von jungen Frauen die Treppen hinaufgeleitet. Ein BBC-Fernsehteam schickt mit dem Mikrophon einen beredten Chinesen vor, dem einen oder anderen ein Wörtlein über seine persönliche Erwartung zu entlocken.

Was erwartet LaoWai? Daß man in der Gästeempore endlich mitkriegt, daß sieben Geladene vor dem Hauptportal auf verlorenem Posten stehen!

Wenige Minuten vor dem feierlichen Beginn haben auch die sieben Experten ihren Platz erreicht, neben LaoWai sitzt eine amerikanische Kollegin, die beherzte Linke aus Colorado. Sie bekommen den Redetext ebenso wie die ortsansässigen und die eigens aus aller Welt angereisten Journalisten. „Hallo, Otto!" - LaoWai grüßt über eine Sitzreihe hinweg den ihm bekannten Zeitungsmann, der seit ewig aus China berichtet, früher für eine Nachrichtenagentur, jetzt auf eigene Kappe. Schreibzeug und Aufnahmegeräte halten die Journalisten bereit, die Kameras tun schon mal einen Schwenk über das

Bühnenbild: golden und groß Hammer und Sichel auf rotem Grund. Unten der Saal harrt erwartungsvoll. Da tritt die Führung auf die Bühne, die Delegierten, allmählich auch die Gäste, erheben sich, ein gewaltiger Klangkörper intoniert das Lied eines Arbeiters aus Lille. „Wacht auf, Verdammte" singt LaoWai, wie er es immer getan hat, also kräftig. „Arise, ye workers from your slumber", stimmt die Amerikanerin ein. Die Journalisten vor ihnen fahren neugierig oder pikiert herum, einer beugt sich zu Otto hinüber, der mit LaoWai Shakehands gemacht hatte. „Ist aus Ostdeutschland!" zischelt der. - Soll doch gucken und fragen, wer will, denkt LaoWai - das Lied ist einfach gut. Aber da bricht die Musik ab und das Reden beginnt.

An diesem Abend ist LaoWai rechtschaffen müde, doch die Nachrichten im Fernsehen schaut er sich noch an. Wiederum spielt das große Orchester auf, der Saal erhebt sich, die Kamera streicht die Reihen der Delegierten entlang, aber jetzt wird ganz deutlich, was morgens von der Empore nicht auszumachen war: sie stehen ernst, keiner singt.

Bliebe nachzutragen: über den Ticker einer großen Agentur läuft die Nachricht: „Unter dem Zeichen von Hammer und Sichel wurde heute morgen der 14. Parteitag der KP Chinas eröffnet. Ein Militärorchester intonierte die Internationale. Ein Ostdeutscher sang mit".

Schwierige Stelle

LaoWai hat sein Portemonnaie verloren, hat es im großen Speisesaal des Hotels nach dem Abendessen auf dem Tische liegengelassen. In den sagenhaften Zeiten, als die *Hundert Blumen* blühten, hätte er sich um solch ein Malheur keine Sorge gemacht - damals hatte ihm ein Taxifahrer sogar noch fünf Wochen nach der Fahrt den Füller nachgeschleppt, der ihm aus der Tasche geglitten sein muß, hat mitten auf der Straße scharf gebremst und gerufen: „Ist das nicht Ihrer?" -

Im Zeichen der Marktwirtschaft freilich waren die Chancen, eine vergessene Geldbörse unversehrt zurückzuerhalten, gering. Dennoch ist er, als er den Verlust bemerkt hatte, zum Restaurant geeilt. Längst war alles Geschirr fortgeräumt, der Saal ausgekehrt, aber eine letzte Kellnerin erinnerte sich, daß ein kleines schwarzes Portemonnaie aufgetaucht, inzwischen aber an die *Abteilung Sicherheit* weitergeleitet worden sei. Er, LaoWai, möge sich nur morgen zu geeigneter Stunde zu der in einem Nebenflügel gelegenen Abteilung aufmachen. Da war Hoffnung. Dann kommt LaoWai ins Grübeln, wird morgen aber zur *Abteilung Sicherheit* gehen, was immer das ist.

Über das Sichere hat LaoWai in sehr verschiedenen Zeiten und Ländern schon sehr verschieden gedacht. Inzwischen neigt er dem Offenen, Unverhüllten zu. Das G'schamische mag er nicht - daß zum Beispiel nur ein bißchen gelauscht werde, aber nicht immer, und nicht bei jedem, und wenn schon, dann demokratisch kontrolliert. Wenn draußen am Haus *Schuhmacherei* geschrieben steht, denkt er, soll drinnen ein Schuhmacher über seinem Dreibein hocken. Wenn *Verfassungsschutz* dran steht, soll man eintreten können, niemand drinnen soll zusammenzucken, sondern freundlich bei seiner von uns allen bezahlten Arbeit sitzen und die Verfassung schützen und so fort.

O goldige Zeiten, wo noch alles hübsch offen und übersichtlich war wie weiland in Frankreich in der Mitte des 18. Jahrhunderts: neben der ehrwürdigen theologischen Zensur die vom Großen Kardinal eingeführte staatliche - 79 bestallte Zensoren, die sich um die Literatur sorgten, 44 mehr allgemein, 35 speziell um die schöne. Glückliches Zeitalter, wo ein Dichter oder Romancier seinen Beschützer und Wohltäter noch persönlich kannte! Gegebenenfalls ein gebildeter Mensch, mit dem sich reden ließe.

O königlicher Bibliothekar und Zensor Crébillon, geschätzter Autor mythologischer Tragödien, hast dem vorzüglichen Casanova, als er erstmals nach Paris gelangte, unter deinem Dache eine Bleibe gewährt und höchstselbst Französischunterricht erteilt. Bis in die

Lebensbeichte wird der sich dankbar erweisen, wird andächtig auch der Haushälterin gedenken, zu deren Obliegenheiten es gehörte, dem Herrn Zensor die eingereichten Werke vorzulesen, ja mit zu begutachten; und wird auch die kostbaren Details nicht aussparen: Einen hoffnungsvollen Verfasser habe sie an der Haustür mit den Worten fortgeschickt: „Kommen Sie nächste Woche wieder; wir haben noch keine Zeit gehabt, Ihr Manuskript zu prüfen". -

Dieser anrührende Umgang mit Dingen, von denen jeder weiß, gefällt LaoWai. Doch auf dem ehrbaren Feld der Sicherheiten lernt man nicht aus.

LaoWai aber hatte nur ein Portemonnaie auf dem Tische liegengelassen. Als er in der Mittagspause des nächsten Tages das genannte Büro des genannten Flügels des nicht genannten Hotels gefunden hatte, klopfte er höflich an die Tür, aber erhielt keine Antwort. So trat er in das geräumige Zimmer. Sah: sieben Herren standen interessiert und eifrig um zwei zueinandergeschobene Bürotische. Von einem Recorder wurde ein Telefondisput abgespult, mal vorwärts, mal wieder rückwärts, von einer schwierigen Stelle zur anderen schwierigen Stelle, wozu die sieben Herren ihrerseits unentwegt in einen regen Gedankenaustausch traten. Sie waren, trotz der heiligen Mittagspause, dermaßen in ihre Arbeit vertieft, daß sie keine Notiz von ihrem Besucher nehmen konnten. Schließlich räuspert sich LaoWai, entschuldigt sich für die Störung und fragt, ob er sich im *Security Department* des Hotels befinde. - Von einem der sieben Herren wird für einen Moment das Tonband abgestellt: O gewiß doch, versichert das Haupt der fleißigen Mittagsrunde, so stünde es draußen auch richtig dran. - Ermutigt fragt LaoWai, ob sein kleines schwarzes Portemonnaie mit rund hundertdreißig Yuan aus der Speisehalle bei ihnen angelangt sei. - Ein Griff zum Wandregal, ein Blick in das Ledertäschchen, und die Geldbörse wird ihm unversehens ausgehändigt. Doch während LaoWai für so viel Umsicht noch danken will, läuft das Band mit dem Mitschnitt des Telefongesprächs bereits wieder, und die sieben Herren machen sich an die nächste schwierige Stelle.

Der Paß

Gibt es den Weg nicht, nimmt LaoWai den Umweg. Erstmals ist Taiwan sein Ziel, Insel, groß wie ein halbes Bayern, boomend, ein „Kleiner Tiger“. Wer von einer beliebigen Provinz des Mittereiches zum größten von Chinesen besiedelten Eiland gelangen will, selbst wer vom gegenüberliegenden Fujian her käme mit der für Schiff und Flugzeug lachhaft schmalen Wasserstraße dazwischen, hat es weit. Dabei haben die Chinesen zu beiden Seiten der Taiwanstraße, gut im Geschäft miteinander, den Wunsch, sich rasch und ohne Umschweif zu begegnen, wann immer nötig. Aber noch sind unüberwindbare Barrieren aufgetürmt, die LaoWai irgendwie bekannt vorkommen: Die Geschäftsleute der Insel sollen, wenn ihre Partner zu begrüßen sind, dies (höheren Gesichtspunkten folgend) unbedingt am Internationalen Flugplatz „Tschiang Kaischek“ absolvieren - die Wirtschaftskapitäne aus Shanghai, Kanton, Peking sind (übergeordneten Prinzipien gemäß) gehalten, auf dem Inlandflughafen „Sun Yatsen“ anzulanden. Da beides einander ausschließt und die zwei Seiten bei der „Erörterung der beiderseits interessierenden Frage“ keine Einigung erzielen konnten, gibt es zum Beispiel zwischen

Shanghai und Taipeh noch keine Direktflüge, und man muß mit der Kirche ums Dorf.

In der Mittagsstunde sind LaoWai und Gattin von Beijing nach Seoul geflogen (als Souvenir teilte die Stewardess für jeden einen hübschen Cloisonné-Aschenbecher aus, mit nichts zu essen drin - und das zwei hungrigen Nichtrauchern!). Am späten Nachmittag sind sie von der frühlinghaft kühlen südkoreanischen Hauptstadt mit einer amerikanischen Maschine strikt südwärts geflogen (unterwegs Fastfood und ein Drink) und bei abendlicher Finsternis in die subtropische Schwüle Taipehs getaucht.

Schweiß rinnt LaoWai von der Stirn, wie er sich, der Gattin folgend, zur Einreisekontrolle an den Schluß der Reihe stellt und den blauen Paß (den mit den Insignien der Arbeit) aus dem Overcoat zottelt; noch braucht er nicht zwingend das bundesdeutsche Dokument mit dem heraldischen Raubzeug, welch letzteres er nicht mag, der Geschichte wegen und von Heinrich Heine aufgewiegelt. Und wie er noch denkt, wie sehr sich die gestrengen Kontrolloffiziere der Welt mit ihrem berufsbedingt mißtrauischen Gesicht gleichen - Seelenprüfung im 12-Sekunden-Takt, mehr Zeit haben sie nicht, um zu entscheiden, wer des Landes würdig ist - , stehen sie auch schon vor einem kräftigen Beamten mit überraschend freundlichem Antlitz. Kurz vor Feierabend guckt der fröhlich, hat er doch nur noch den zwei letzten Gästen des heute letzten Fluges den Aufenthalt im Inselreich zu gewähren (oder nicht).

LaoWais Frau schiebt den roten Paß unter die Scheibe, wiewohl auch sie für stilisierte Adler und Geier nichts übrig hat. - „Wie lange wünschen Sie hier zu bleiben?" fragt der Beamte. - „Bedauerlicherweise haben wir nur neun Tage Zeit", erwidert die Frau. Der Beamte fragt höflich: „Wo haben Sie so gut Hochchinesisch gelernt, Frau Doktor?" - Soll sie die Leipziger Universität nennen, oder die Berliner, was beides korrekt wäre, oder die für ihre Chinesischausbildung verdienstvollste? „Ich habe an der Universität Peking studiert", bekennt sie, gespannt auch, was er nun sagen wird. „Ah, auf dem *Großen Festland*!", kommentiert der Einreisebeamte.

Nun wünscht LaoWai einen *Guten Abend*! und legt ihm seinen blauen Paß mit Hammer, Zirkel, Ährenkranz auf den Kontrolltisch. Der Beamte guckt, blättert. Fragt: „Ist das ein neuer?" - „Nein", sagt LaoWai, „es ist der alte". - „Wie heißt der Staat?" - „Den Staat gibt es nicht mehr", konstatiert LaoWai. - Der Beamte blättert wieder, sieht die vielen Visa aus ihm wohlbekannten Ländern, die alle Transit oder Einreise gestatteten, kommt ins Grübeln, wendet sich der Kollegin zu, die gerade den Nachbarverschlag schließen will. Nun prüfen sie beide das Phänomen, bitten schließlich auch den Diensthabenden, einen Blick auf das Dokument zu werfen. LaoWai hält es nun für ratsam, zur Aufhellung gütig beizutragen: „Ich bin Ostdeutscher!" - „Ach so. Also in Ordnung!"

Der Beamte stempelt und reicht den blauen Paß zurück.

(1995)

Der Pistolenschütze

Gern würde LaoWai dem taiwanesischen Meisterschützen in Pistole begegnen, den die Pekinger Fahrkartenausgabe fünf Jahre zuvor in dasselbe Schlafwagenabteil des Schnellzuges Peking-Qingdao eingewiesen hatte; unterwegs waren sie in ein langes Gespräch geraten, hatten ihren Reiseproviant geteilt und sich beim Abschied zu einem Wiedersehen in Berlin oder Taibei verabredet. Aber nun kamen LaoWai doch Zweifel, ob es schicklich sei, in der vornehmen *Roosevelt-Allee* beim Meisterschützen mit einem „Hallo!" in die Tür zu purzeln - vielleicht übte der auch gerade. Also schickte er eine Postkarte: Umstände hätten ihn überraschend auf das schöne Eiland getragen, zwar nur für kurz, aber er wünsche dem einstigen Reisegefährten alles Gute, vor allem aber viele Treffer im Schwarzen.

Und dann ist LaoWai doch überrascht, daß der Riese mit der absolut ruhigen Hand im Foyer des Gästehauses der Akademie steht, in den Händen eine große Büchse taiwanesischen Orchideen-Tees, Marke *Weiße Wolke*. Die überreicht er der ihm noch unbekannten Frau, und nun umschließt er LaoWai mit seinen kräftigen Armen, als sei der sein bester Freund, sein Trainer oder Pistolenkonstrukteur. „Warum haben Sie sich nicht längst gemeldet?“ sprudelt er los. „Macht nichts, gleich morgen fangen wir an, und ich zeig' Ihnen ein paar schöne Fleckchen der Insel. Ich fahre nur noch mal nach Taibei rein. Muß die Firma eben ein paar Tage ohne mich auskommen. Das muß sie ja auch, wenn ich zum Turnier fliege. Also, was interessiert Sie auf Taiwan?“

Und wie der freundliche Redestrom stoppt, einmal in feinstem Englisch und einmal Hochchinesisch für die Gattin, ist LaoWai doch verlegen, wie er sich aus der Affäre ziehen soll, denn ihm bleiben nur noch ein paar Tage, und die sind mit Terminen, die Künste und die Literatur betreffend, vollgestopft. Bald muß der Meisterschütze einsehen, daß er LaoWai nicht mal seinen Übungsstand wird zeigen können. Allenfalls werden sie dran vorbeifahren, wenn er seinen deutschen Besuch in einer Woche pünktlich zum Auslandsflughafen Tschiang Kaischek fahren werde, das aber bitte er sich aus. Fast täglich sei er draußen auf seinem Schießstand, ganz bestimmt aber, wenn er für seinen Betrieb eine wichtige Entscheidung zu fällen habe. „Sie ahnen nicht“, sagt er, „wie ein sicherer Schuß alle körperlichen und seelischen Kräfte abfordert und zugleich konzentriert. Also, kein Vertragsabschluß, jedenfalls kein entscheidender, ohne einen Treffer in der Zehn“. - Aber dann steigen sie alle in die dunkle klimatisierte Limousine des Riesen, bei dem an der Frontscheibe, wo andere ein Bärchen oder eine Puppe baumeln haben, ein Kreuzchen hin- und herschwingt. Das rettet sie nicht vor den angestauten Verkehrsströmen in der im Talkessel liegenden Innenstadt - mit dem Bau einer Metro sei erst kürzlich begonnen worden; der sei immer wieder aufgeschoben worden, weil für Tschiang stets die Rückeroberung Chinas im Vordergrund stand.

Im noblen Restaurant, das der Meisterschütze angesteuert hatte, zeigt er seinen Gästen das Bild seiner siebenjährigen Tochter, ein schönes Mädchen. Zwischen erlesenen Gängen bleibt Zeit, sich ohne Hast zu erzählen, wie es den im anderen Teil des Landes lebenden Schwestern und Brüdern gehe und was man bedenken müsse, ehe sich die Landsleute auf Dauer in die Arme schlössen. „Hals über Kopf jedenfalls, so geht es doch wohl nicht."

LaoWai, der zur Wende nicht affengeil war, auch 1990 nicht euphorisch um die harte Mark tanzte, die den Kapitalismus, aus Jugendzeiten wohlbekannt, zurückbringen würde, was sonst, versteht den Taiwanesen und kann sich gut hineinversetzen, wie die Revolution im Leben eines Pistolenschützen Schicksal spielen konnte.

Ja, der Vater habe vor 1949 einige Fabriken in China besessen, Kosmetikbranche, mit Niederlassungen in Taibei und in Korea, Stammsitz aber in der Hafenstadt Tianjin. Und als der Vater 1948 zur Inspektion seiner Filialen aufgebrochen war, seien Lin Biaos Truppenverbände überraschend in Tianjin eingerückt. Der Vater sei daraufhin nicht mehr aufs Festland zurückgekehrt, und habe auf Taiwan bald eine neue Familie gegründet, aus der er stamme. Deshalb habe er in China Geschwister vom Vater her, in Tianjin, und auch in Qingdao einen Halbbruder. Die Angehörigen dort und ihre Kinder kenne er inzwischen ganz gut - er sei der gern gesehene reiche Verwandte, der schon erwartet werde. Soll auch investieren in der alten Heimat, aber da müsse er sichergehen, wie vertrauensvoll das alles so läuft. Manche hier schwärmen von den Wirtschaftskontakten mit dem Festland, andere warnen. Seine Verwandten jedenfalls, sähen ihn gern.

Zum Abschied schenkt der Meisterschütze LaoWai die Trefferkarte des heutigen Morgens: die zeigt ein ausgeglichenes Seelenbild, die körperlichen und geistigen Kräfte voll konzentriert.

(1995)

Das Interview

LaoWai und seiner Frau macht das feuchtwarme schwüle Klima Taibeis zu schaffen, oder sind es die Wechselbäder: mal subtropisch aufgeheizter Talkessel, mal unterkühltes Museum - Treibhaus und Eisfabrik. Wie sie, an eine Balustrade gelehnt, die vielen Stufen des „Kaiserpalastes" hinunterschauen (die nie ein Kaiser beschritten hat), und die warme Luft des späten Nachmittags atmen, bemerken sie zwei hübsche Mädchen, pummlig die eine, eher schlank und zierlich die andere; die kommen tuschelnd auf sie zu, beginnen dann aber beherzt: „We are students of sociology, second year. Please, where are you coming from?" - „Aus Deutschland, aus Berlin." - „Au fein!" sagt die Pummlige. Ehe LaoWai rauskriegt, was daran fein sein könnte, werden sie von der Schlanken um ein Interview gebeten, und, Kassettenrecorder und Mikrophon aus einer Tasche ziehend, erläutert sie: „Es ist eine Hausaufgabe: Gespräch mit weitgereisten Gästen, und zwar auf Englisch. Sind Sie einverstanden?" - „Wenn wir dann auch was fragen dürfen und keiner die Antwort des anderen übelnimmt, warum nicht?" -

Die Pummlige zieht einen Notizzettel hervor und los geht's: „Wie gefällt Ihnen Taiwan?" - „Das ist schwer zu beantworten, wir sind erst vier Tage hier. Aber die üppige Natur beeindruckt uns seit der ersten Stunde. Noch setzt uns das Klima zu. Aber gut: das Essen schmeckt, die Leute sind freundlich“, sagt LaoWai. - „Schon am Flugplatz, am Geldschalter, als ich aus Versehen meine neue Handtasche stehenließ - ich hatte sie noch nicht 'verinnerlicht' - machte ich eine angenehme Erfahrung: nach wenigen Minuten, wir suchten gerade ein Taxi, wurde ich ausgerufen, bekam die Tasche - mein Geburtstagsgeschenk - zurück, mit Paß, Devisen, Medizin, es fehlte kein Heller“, ergänzt die Frau.

„Und was gefällt Ihnen nicht?“ fragt die Schlanke und hält nun LaoWai das kleine Mikrophon hin. - „Auch das, nach vier Tagen, nur vorläufig: Ich vermute, ihr wollt werden wie wir in Europa. Das erschreckt mich - “, sagt LaoWai: „produzieren, produzieren, immer schneller mehr verbrauchen, rücksichtslos die Erde versiegeln, Wasser vergeuden, Luft vergiften, der Fußgänger ein *underdog* - schon sehe ich, ihr schafft es!“ - „Das ist der Preis des Boomens“, meint die Pummlige. -

„Ist er nicht zu hoch?“ -

„Sie waren im *Kaiserpalast*?“ fragt nun die Schlanke. „Heute zum dritten Mal“, sagt LaoWai. „Aber ist das ein Kaiserpalast? Sie wissen, wo der steht. Aber hier in Taibei sehen wir den bedeutenden Teil seiner Schätze - in diesem modernen Zweckbau glänzend dargeboten, man kann sich nicht satt sehen, und so geht's wohl den vielen, die täglich herpilgern.“ - „Ja, wir bewundern die

Gemälde, die Kalligraphien, die Jade- und Elfenbeinarbeiten, Meisterwerke der Alten. Über die Geschenke der Dalai Lama an den Kaiser in Beijing - in Silber gefaßte Hirnschalen von Menschen - denke ich nach. Wir werden sie so schnell nicht vergessen", sagt die Frau.

„Meinen Sie, die Schätze gehören aufs *Große Festland* zurück?", fragt die Pummlige.

„Gibt es einen besseren Platz auf der Welt als der, von dem sie genommen wurden?" fragt LaoWai, holt tief Luft - aber da sitzt das Tonband fest, die Hausaufgabe endet abrupt.

„Sind Sie aus Taibei?" möchte LaoWais Frau wissen. Die Mädchen bejahen. Und: „Werden Sie Arbeit bekommen als Soziologinnen, nach dem Examen?" - Die beiden wissen es noch nicht, aber die Schlanke sagt: „Wir haben kaum Arbeitslose in Taiwan. Es wird sich was finden." -

LaoWai zeigt in östlicher Richtung, wo in nur wenigen hundert Metern Entfernung das Museum der Ureinwohner Taiwans liegen muß, ein ziemlich neues, modernes Bauwerk, das hinter Bäumen kaum auszumachen ist. „Dort haben meine Frau und ich heute Vormittag, frierend zwar und mehrere Stunden fast allein, Hochinteressantes über das gestrige und das heutige Leben von euern Bergvölkern zu sehen bekommen, von den neun Stämmen malayischen Ursprungs, die um ihre Existenz ringen. Warum waren wir so allein im Museum?" - Die Mädchen können es nicht erklären. - „Waren Sie einmal bei den Aborigines in den Bergen?" fragt er. - Die Studentinnen schütteln den Kopf. - „Kennen Sie das Museum?“ - „Nein“, antwortet die Pummlige für sie beide, „jedenfalls waren wir nicht drin. Aber was unsere Minderheiten betrifft - als angehende Soziologinnen kennen wir das spezifische Problem.“

(1995)

Zikade

und glaubte noch eben
in jedem unserer namen verborgen
ein schmäh
in jedem ruf nun
liebkosung
dir nur vertraut
singzirp liebster
der all das
wohl weiß
auf dauer
die folter
dein lied
schwillt ab
schwillt an

da könnte ich sterben mit dir
könnte ich leben mit dir
freute mich dieser quälende sommer

am sechsten august
sehr zur nacht (1992)

Privilegium

Daß LaoWai Freude an Privilegien haben könnte, glaubt er nicht; zu gründlich hat er den alten Seume, seine jakobinische Lieblingslektüre, gelesen. Über jene Ausländer in China, die abwechselnd, je nach Vorteil, mal *Langnasen* sind, mal lieber Chinesen wären, spottet er. Das ist wohl leichtfertig, denn am Hauptbahnhof geht er zum Ausländerschalter und hofft auf einen Platz im Schlafwagen. -

Für die Erhaltung der Kunstschätze ist LaoWai ohne weiteres bereit, das geforderte Mehrfache zu bezahlen; den „einfachen" Chinesen wäre der Besuch der berühmten Museen zu diesem Preis unmöglich - so Pekings Kaiserpalast oder bei Xi'an die Grabungsstätte der Terrakotta-Armee.

Doch auf Straße und Markt weist LaoWai jeden Aufschlag empört zurück, wer läßt sich gern für dumm verkaufen!

Gleichheit ohne Exzess ist nicht zu haben im zwanzigsten Jahrhundert. Wo sie sich spontan herstellt, empfindet er Glück!

Solches geschah am *Sommerpalast*, an einem Wochentag: Mann und Frau freuen sich schon darauf, einmal ausgiebig den Westteil der Parklandschaft zu durchwandern, in den *Tempel des Drachengottes* hineinzuschauen und den künstlichen Weg inmitten des Kunming-Sees einzuschlagen, Wegstrecke mit Brücken und Pavillons abseits des Touristenstroms. Während LaoWai noch zu einem Obstkarren geht, stellt sich seine Frau an der erfreulich kurzen Schlange vor dem Schalter an. Plötzlich drängt sich ein Einheimischer mittleren Alters vor und verlangt eine Eintrittskarte. Sie, unverkennbar Europäerin, aber doch sprachkundig, sagt: „Wie höflich der Herr! Hat es ganz besonders eilig". Der rührt sich nicht vom Fleck. „Immer ist es ein Mann, der sich vordrängt", ergänzt sie spitz, „das ist er sich einfach schuldig". Der zuckt mit keiner Miene, bekommt auch die Karte. Und doch reagiert die Frau hinter dem Fensterchen feinfühlig. Du bist eine von uns, denkt sie - jedenfalls reicht sie die Billetts zum Tarif für die Einheimischen durch das Fensterloch: Tröstung und Lob.

(1993)

Filzpappel

Ohne Bäume wäre Peking ein verlorenes Wüstenfort, von der Gobi zugeweht irgendwann: Im Nirgendwo die Mauersegler, Feldsperlinge, Spechte, auch die Elstern, Glücksbringer in Schwarz und in Blau. Wo, ohne Weiden zum Beispiel, sängen die Zikaden so beharrlich das nicht enden wollende Sommerlied?

Die Bäume, das ist der grüne Lebenswille dieses Menschenschlags im Grau der Stadt. Wie sonst würden ihre Bewohner, und immer aufs Neue, in den geschäftigen Straßen und Alleen junge Bäume in den kargen harten Boden pflanzen, wie vormals in den stillen Höfen der alten Stadtviertel, und immer auch Wasser herbeischaffen, daß sie gedeihen.

Stets hat LaoWai die chinesischen Kiefern bewundert. So geduckt sie erscheinen mögen, war er sich doch des Trotzes bewußt, mit dem sie sich dem Wind entgegenstemmen. Die ehrwürdigen Ginkgo-Bäume gar - LaoWai hat in den kalten Wintertagen ihr Grün herbeigesehnt, im Sommer hat er nach den versteckten weißen Beerenfrüchten Ausschau gehalten (aus denen die Kundigen lang schon bittere Medizin bereiten), im goldgelben Blättersegen des Herstes hat er am *Fünf-Pagoden-*

Tempel seine Ernte gehalten: die aufgelesenen bizarrsten Blätter für die Freunde daheim als Lebenszeichen.

Aber in jeder Jahreszeit steht LaoWai dem anspruchslosesten der Pekinger Bäume nahe, der im Gift der Abgase nicht aufgibt, sondern mit seinem Grün zu retten sucht, was zu retten ist, schnell wachsend außerdem: die Filzpappel (*Populus tomentosa*). Weißpappel nennen die Pekinger den Baum.

Einmal im Jahr verrät sie ihren filzigen deutschen Namen, wenn nämlich, Mitte März etwa, ihre Kätzchen wie behaarte, fingerlange Raupen von den noch nackten Zweigen hängen. Manche holt sich der Wind, trägt sie zu den gebogenen Kiefern, die sie mit ihren ansehnlichen Nadeln einfangen; das sieht spaßig aus. Wenn urplötzlich Hof und Straße weiß betupft erscheinen, watteweiß, aber nur ein, zwei Tage lang, glaubst du den Winter zurückgekehrt. -

LaoWai liebt die Filzpappel einer Besonderheit wegen, die nichts mit Blatt und Same zu tun hat: Dort, wo irgendwann in der Jugend des Baumes die eigentlich glatte Rinde eine Verletzung erfahren hat, bildet sich, unübersehbar am kräftigen Stamm, eine Zeichnung: Augen schauen den Vorübergehenden an, groß und deutlich, keine Schimäre, Mandelaugen mit dunkler Pupille.

LaoWai weiß, wenn keiner ihn verstehen kann, wenn sich die Freunde abwenden, wenn er seinen Weg allein gehen muß, in allen Wettern - er darf sich der Filzpappel gewiß sein: sie macht ihm schöne Augen.

Der Grashalmjunge

Es war der erste Vorwintertag, da ich ihm am Nordende der *Wangfujing* begegnet bin, sehr kurz nur, denn ich hatte es eilig wie alle anderen auch. Er mochte vierzehn, fünfzehn sein, in dem blauen Kittel, den er trug, war das schwer auszumachen, hockte störend im Wege, wie jedermann, der sich einfach auf die Straße setzt und die Beine streckt. Die Zikaden in den Bäumen hatten ihr Sommerlied urplötzlich abgebrochen. Ich erinnere mich, daß mich fröstelte. Anders als all die jungen Männer vom Lande, die mit ihrem Bündelchen von irgendwoher in die große Stadt kommen, ihr Glück zu suchen, hatte der Junge kein Päckchen neben, auch kein Schildchen vor sich, daß er sich verdinge. Er hatte ein Tuch gebreitet, auf dem, aus Gras gemacht, Grille, Zikade und Heuschreck saßen. Ein hölzernes Behältnis stand neben ihm, in das er wie ein Schütze in seinen Köcher griff, zog Riedgras heraus, ein Hälmchen, nun ein Schilfblatt, einen störrischen Stengel, schlang und wendete Biegsames und Sprödes wieder und wieder, und wie aus Zauberhänden erwuchs in Minutenschnelle bald ein Handspann großer Heuschreck mit langen Fühlern, mit Flügeln, wie es sich gehört und sorgfältig gerippptem Hinterleib, bald ein grüner Frosch mit leuchtend gelben Augen und gewaltigem Maul. Hauchte kurz in seine Hände, ehe er einen am Ende verknoteten Stengel durch den Leib jedes der Tiere zog, damit es sorgsam davontragen kann, wer mit ihm handelseins wird. Und wie ich noch denke, hast du keine andern Kreaturen, Hähne sind bald gefragt, Junge, kannst du nicht Hähne machen fürs *Frühlingsfest*, schaut mich der Grasfrosch schräg mit seinen gelben Augen an, und die feinen Fühler des Singzirps tasten nach mir. „Verkauf' mir deine Tiere", sag ich, „aber nur die kleinen, wir haben eine lange Reise vor, sie sollen nicht Schaden nehmen".

Da packt der Junge, wütend wie ein Rumpelstilz, eine große gräserne Gottesanbeterin, springt auf, würgt und quetscht sie in seinen Händen, pfeffert sie alsbald auf das Pflaster, trampelt noch mit plumpem Schuh auf die Kreatur, tritt einen Schritt zurück, Spott blitzt aus seinem Auge. Und siehe: die Gottesanbeterin reckt sich, streckt unbeirrt Beinchen und Fühler - und ich zahle für das Unbezahlbare, für die Fangschrecke, für Zikade und Frosch.

Zu spät frage ich: Wer hat den Jungen losgeschickt mit einem Bündel Riedgras und Schilf in der Bütte? Wem ist er fortgelaufen in die zugige *Wangfujing* am ersten Vorwintertag des *Affenjahres*? Wie mag es ihm gehen? Wo steckt er, der Stroh zu Gold verwandeln kann, was sag ich - Gold?

Längst sind wir Vertraute in einer Stube, alle Tage schauen wir uns an. Das Fröschlein, zugegeben, gilbt bläßlich, aber Gottesanbeterin und Zikade gewinnen mehr und mehr ihre Naturfarbe. Immer aufs Neue staune ich über die Beobachtungsgabe, die Kunstfertigkeit des Grashalmjungen, auf dessen frierende Finger ich fasziniert geblickt hatte, kaum in das Gesicht, von dem ich nur noch den zornigen und den spöttischen Blick weiß.

Wenn LaoWai down ist

Wenn LaoWai down ist, gibt es nichts, was ihn erheitern könnte. Er sieht keinen Weg aus dem Chaos, das wir selber produzieren, hier nicht wie dort.

Wenn LaoWai down ist, ist er bereit, nach einem Strohhalm zu greifen. Hoffnung setzt er allenfalls in die Künftigen, die alles ändern sollen - müssen - werden -

Warum sollten sie, fragt LaoWai, wenn er down ist. Stecken nicht auch die Künftigen in den Schienen, Strukturen, den Zwängen, in denen er sich zerrieben hat?

Solch einen haben sich die Dozenten der Germanistenklasse an der Universität im Nordwesten Shanghais (4. Studienjahr) in die Übungsstunde geladen. Es ist lausig kalt in der Stadt an diesem 22. Februar im *Jahr des Schweins*. Aber eigentlich kann es nicht kalt sein in Shanghai, südlich des Yangzi. In Südchina hat es nicht kalt zu sein! Dort wird nicht geheizt, braucht es also der Öfen nicht. Zum Glück haben die Mädchen und die wenigen Jungen der Seminargruppe dicke Wattesachen an. Erwartungsvoll sitzen sie im Halbkreis. Erwartungsvoll steht LaoWai vor ihnen, erhofft sich viel, er kennt ihre Deutschlektorin und den Literaturprofessor.

„Noch waren Sie nicht in Deutschland, aber von unsern guten Geistern haben Sie bestimmt gehört“, beginnt LaoWai. „Die Gute Fee zum Beispiel - drei Wünsche erfüllt sie. Aber Sie, unglücklicherweise, treffen auf die Fee, und sie gestattet diesmal nur einen - was wünschen Sie sich?“ -

Während die jungen Leute einen Augenblick überlegen, setzt sich LaoWai an den Tisch, greift rasch nach Papier und Stift, um sich mit klammen Fingern die Antworten zu notieren. Bald wird er vergessen haben, wie kalt es ist.

„Ich wünsche mir eine gute Arbeit“, sagt die erste Studentin.

„Alles soll einfach sein“, sagt eine zweite.

„Ich bin mit dem Leben nicht zufrieden!“ klagt ein großer, schmaler Student, „meine Arbeit in Peking ist schon festgelegt“. - Der hat keinen Wunsch an die Fee, erschrickt LaoWai, die Kaderkommission hat alles entschieden. Funktionärskarriere, unentrinnbar?

„Ich wünsche mir ein gutes Leben und einen guten Tod“, sagt ein Mädchen leise.

„Ich bin zufrieden mit der Zukunft!“ knarrt noch ein Wunschloser, oder ist es Antwort an die beiden Vorgänger?

„Kein Krieg soll sein, genug zu essen für alle, alles friedlich“, sagt die nächste Studentin, die die Vorgabe vergessen hat oder meint, das sei alles eins.

„Ich wünsche ein erfreuliches Leben in guter Natur“, flüstert eine andere.

„Gute Zukunft - Glücklichsein - gute Umwelt!" erbittet die Nächste von der Fee.

Schon ist LaoWai auf die Letzte gespannt.

„Ich wünsche: die Eltern gesund. Mir: fließendes Deutsch."

Die Bittsteller in der Runde lächeln.

Wenn LaoWai down ist, rettet ihn ein Grashalm, der zwischen Betonplatten wurzelt.

(1995)

Wer aber ist LaoWai?

Als der Autor dieses Buches, von Hause aus Germanist, 1953 eine Chinawissenschaftlerin heiratete, ahnte er nicht, daß ihm, wenn auch nicht ein Weltreich, so doch ein Schicksal zufallen sollte. Von 1956 - 1958 weilte er das erste Mal in China, arbeitete in Peking als Lektor und Redakteur in einem chinesischen Verlag, ebenso in den neunziger Jahren; dazwischen, danach Reisen in verschiedene Landesteile, auch nach Taiwan. Obwohl ein Fremder, hat er sich keinen Augenblick als Tourist gefühlt.

Wer ist LaoWai dieses Buches? - Der Autor, mehrfach danach befragt, hat nicht herausschreien wollen, was auf der Hand liegt: einer, der aus Europa stammt, ein Ostdeutscher. Hat einfach aufgeschrieben, was ihm im Mittereich begegnet ist, was er dort gesehen, erlebt, gedacht, was er empfunden hat. Alles Persönliche dort war ihm wichtiger als Statistik.

Der Autor hat Fragen an seine chinesischen Freunde, die sie ihm nicht beantworten. So sucht er, schreibend, herauszufinden, warum ihn das ferne Land nicht wieder losläßt. Er legt alte Notizen beiseite, Briefe, baut auf Erinnerung. Ahnt zugleich, daß die ihm jederzeit einen Streich spielen kann.

Die Dinge sind im Fluß. Um das Besondere, vielleicht Absonderliche eines Augenblicks deutlich zu machen, hat er manche Begebenheit auf diese oder jene Weise zeitlich fixiert. Denn was gestern stimmig war, mag bald schon vage, skurril, ja unglaubhaft erscheinen. Selbst ein Chinese mittleren Alters zum Beispiel würde es dem Autor schwerlich abnehmen, daß er 1958, abendlich radelnd in Pekings Innenstadt, von Straßenpolizisten angehalten war, nicht ohne Licht zu fahren, derweil es heute niemanden mehr gibt, der eine Fahrradlampe kennt noch sie benutzen würde. Die forsche Entgegnung 30 Jahre später „In China ist es nachts nicht dunkel!" empfand er als zynisch. Vielleicht morgen schon, befürchtet er, werden sie keinen mit einem Fahrrad auf die berühmten Alleen der Hauptstadt lassen, mit oder ohne Lampe. Doch ist er, fasziniert und erschrocken, nicht zu entmutigen, die Steinchen zu einem Mosaik zusammenzutragen, das sein Bild von China ist.

Ist LaoWai am Ende der Autor selber? Der Leser mag es annehmen. Jein! wäre eine korrekte Auskunft. Vermutlich.

(1997)

Höflich

Im Lande der Höflichen sei höflich, denkt LaoWai. Ein Lächeln verdient ein Lächeln, ein Geschenk - die Gegengabe. Wenn du zu Gast gebeten bist, vergiß nicht, gleicherweis einzuladen.

Als Redner sei präzise, auch freundlich. Zerschlage kein Porzellan. Es ist nicht das Einzige, was die Chinesen lange vor uns erfunden haben. Belehre deine Zuhörer nicht.

Mach' auch nicht alles nach, was du im Mittereich aufgeschnappt hast, etwa solchen Schluß einer Rede: „Dies sind meine bescheidenen, sehr unvollkommenen Bemerkungen, die Sie bitte kritisieren und richtigstellen möchten". Wisse zumindest, was diese Floskel dem Wesen nach bedeutet:

Ich bin jetzt fertig. Geht nach Hause!